Jean-Pierre, mon homme, ma mère

Dépôt légal : 4e trimestre 1982
Bibliothèque nationale du Canada
Bibliothèque nationale du Québec

Maquette de la couverture : Nicole Lévesque

ISBN-2-89051-083-2

JOSETTE LABBÉ

Jean-Pierre, mon homme, ma mère

roman

PIERRE TISSEYRE
8925 boulevard Saint-Laurent — Montréal, H2N 1M5

I

J'ai ouvert les yeux. La chambre était là, rose gomme, claire et tranquille... Moi aussi j'étais là, nue et douce entre les draps de flanellette, confortablement coincée entre deux ressorts mal polis. Il devait être tard car je n'avais sombré qu'aux lueurs troubles de l'aube. D'en bas me parvenaient des bruits de voix, d'ustensiles et d'assiettes s'entrechoquant. Poussés par le vent chaud, les rideaux crème à grandes feuilles rouge vin ondulaient silencieusement, puis s'envolaient en claquant jusqu'au plafond, dévoilant des coins lisses et brillants de ciel bleu.

La journée semblait radieuse.

Que demander de plus pour son premier lundi de vacances?

La réponse n'était pas difficile; pour la trouver je n'avais qu'à allonger le bras, le promener distraitement sur le matelas bosselé. Mais je ne le fis pas. Avec une bonne volonté pitoyable, j'essayai plutôt de me laisser absorber par le miracle de l'instant présent, j'essayai de me distraire sereinement du va-et-vient des rideaux, de profiter béatement de cette belle grasse matinée, du beau temps, des p'tits oiseaux.. Mais je n'ai jamais su vraiment jouir des bons moments. Sans même prendre le temps de m'étirer, au moins de bâiller un peu, j'ai rejeté le drap, me suis levée d'un bond et je me suis mise immédiatement à faire le lit. Un lit où on a dormi seule c'est pas compliqué à refaire, les draps n'ont pour ainsi dire pas bougé. Puis toujours aussi rapidement comme si j'étais poursuivie par le tic-tac inflexible d'une grosse horloge grand-père, j'ai entrepris de ranger dans les tiroirs récalcitrants de la commode brune, de ces tiroirs aux poignées de métal cliquetantes et bruyantes, le contenu des deux valises en similicuir bleu qui avaient traîné toute la fin de semaine à demi ouvertes sur le plancher. Une fois les valises remisées au fond de la garde-robe sombre, j'ai ouvert les rideaux. Oui le temps était parfait : le soleil brillait aveuglément sur la verte campagne. Les feuilles du grand érable tout près bruissaient complaisamment et ça sentait terriblement bon la terre, le foin séché, le trèfle, les feuilles vertes chauffées par le soleil.

Magnifique !

Que demander de plus ?

Rapidement je me suis habillée d'un peu de désodorisant, d'une petite culotte et d'une robe légère. Pendant que mes pieds se glissaient dans leurs sandales « scholl » j'ai donné un semblant de coup de brosse autour de mes tresses effilochées de la veille, et sans même un vrai regard pour tout ce soleil vautré sur la courtepointe multicolore, j'ai ouvert la porte, l'ai refermée, l'esprit déjà ailleurs.

Le corridor était balayé par de grands courants d'air chaud qui m'ont poussée doucement mais fermement jusqu'à l'escalier. Dans les chambres assombries, les rideaux fermés se soulevaient brusquement éclairant les lits défaits, les vêtements sur le plancher. Un instant j'ai hésité en haut des marches. Elles donnaient directement dans la pièce centrale : une grande cuisine jaune brillant, jaune-soleil-trois cent soixante-cinq-jours, aux armoires tiroirs tours de portes et fenêtres vert lime. Avec la table rose gomme tiens ! Et les chaises bleues ! Le bon goût des propriétaires n'avait d'égal que leur souci de vider jusqu'au fond les vieilles canisses de peinture. Tant pis pour nous autres !

6

Tant pis pour moi aussi. J'ai pris mon courage à deux mains et me suis mise à descendre bruyamment, à cause des «scholl». Le bruit leur a tous fait lever un regard exaspéré mais j'ai tenu bon, je ne me suis arrêtée que sur la dernière marche.

Oui, ils étaient tous levés, tous là en train de finir leur petit déjeuner, leur foutu brunch, comme ils appelaient ça. Machinalement je cherchai Pauline, ma Pauline avec ses beaux grands yeux bleus, son habituel sourire doux et fin comme je n'en ferai jamais et qui, de son regard pénétrant, essayait d'une certaine façon de me faire comprendre qu'elle savait bien que... que oui oui oui elle me comprenait... mais que... J'ai regardé ailleurs. Non elle ne pouvait pas savoir. Son grand Robert barbu était assis près d'elle, une main lourde d'intimité attardée sur la cuisse lisse de sa brune. Il m'a fait un clin d'oeil paternaliste ; j'ai fait un effort qui, je l'espère, me sera un jour compté, pour leur sourire joyeusement :

— Allo, y fait beau !

Dos au mur, Nicole et Judith avec leurs deux types, des amants d'occasion dont je ne me rappelais pas les noms. André et Pierre ? Jean et Marc ? En tout cas. Il y avait un petit noir râblé et taciturne que je n'avais pas entendu proférer dix mots de la fin de semaine et l'autre, un châtain sans histoires mais qui en racontait beaucoup et qui, tant mieux pour lui, savait mener une bonne conversation bien nourrie. Ces deux mecs-là, c'était certain, seraient balancés d'ici la fin de semaine et remplacés sous peu.

Nicole est une vieille connaissance, on a pratiquement été élevées ensemble. Je ne l'ai jamais beaucoup aimée mais je n'ai jamais non plus cessé de la voir, à cause de nos origines communes sans doute. Je l'ai toujours trouvée superficielle, pas plus brillante qu'il le faut, tandis qu'elle, depuis notre adolescence, m'a reléguée une fois pour toutes, au rang des inoffensives, ne risquant jamais en cent ans de lui faire concurrence dans sa course au mâle. Faut dire qu'elle est jolie, bien remplie aux bons endroits et au fond pas si bête... par moments... si on veut à tout prix faire concession à cette vieille solidarité féminine. À ses côtés, la mettant pour ainsi dire en lumière, il y avait Judith, son amie inséparable ; jolie aussi dans son style mais beaucoup moins élancée. Pour tout dire plus que gras-souillette et affublée de la malheureuse culotte de cheval. Par ailleurs, une luxuriante chevelure noire, luisante et frisottante l'avait auréolée dès son jeune âge, et le sentiment de supériorité qu'elle en avait tiré contribuait encore aujourd'hui à lui faire supporter le voisinage de Nicole. Celle-ci, malgré son physique prestigieux, a le poil rare, blondasse, fou, pas peignable… L'une est secrétaire, l'autre prof d'anglais. Elles mènent une vie semblable, font du jogging en survêtement orange, prennent des cours de ci de ça, parcourent *Châtelaine*, et en hiver quand elles ne vont pas aux Barbades ou à Cuba, tâtent du yoga, de la méditation transcendantale ou de la thérapie de groupe. Cependant, je le sais, leur seule et vraie préoccupation est la recherche du bonhomme ! Le bonhomme parfa qui leur apportera extase et argent… et elles croient le trouver, souvent.

Quand même, ce matin-là, je les enviais ces deux folles bronzées, fières d'elles-mêmes, de leurs corps, de leur nuit, de leurs bons mots, qui riaient la bouche fendue jusqu'aux oreilles en mangeant des croissants avec de la confiture. Non loin de Judith, ne mangeant pas ses croûtes, il y avait Isabeau, son fils de cinq ans, dont le père l'ex-mari, avait été, fallait s'y attendre, le mec le plus méchant, le plus écoeurant de la terre.

À l'autre bout de la table trônaient Jeanne-Mance et Richard, le couple parfait naturiste et féministe, féministe tous les deux naturellement ! Lui petit coq noirâtre, maigrichon, sûr de ses ergots et du reste. Elle poulette doucereuse, picorant ici et là joyeusement, tout en prenant bien garde de ne pas trop s'éloigner de l'aile du boss. D'ailleurs, à l'instant même, ils étaient en train de gruger tous les deux avec courage et défi une espèce de grande maudite bisquette brunâtre. J'ai fait semblant de ne rien voir. Ils s'attendent toujours à ce qu'on leur demande : Qu'est-ce que vous bouffez là ? Est-ce que c'est bon ? Qu'est-ce qu'il y a dedans ? Ces temps-ci, lui écrit un genre de thèse très savante, c'est Jeanne-Mance qui le dit, sur le phénomène alimentation à travers les âges ou quelque chose du genre, et elle, évidemment, soutient le grand homme dans sa tâche, fait des recherches en bibliothèque, copie, note, collige, corrige, annote, tape... Que Dieu les protège! Je leur ai fait un petit signe de tête indifférent. Ils m'ont répondu avec effusion. Ils sont très indulgents, très gentils avec moi; ils me plaignent: je suis n'est-ce pas tellement perturbée, tendue, à cause de ma mauvaise alimentation, de mes excès de sucreries...

Que le diable les emporte!

Donc tout ce beau monde mangeait, fumait, buvait dans la bonne humeur des couples heureux en vacances qui ont très bien dormi après avoir bien baisé. Ils ne faisaient d'ailleurs plus attention à moi. J'ai descendu la dernière marche et je suis allée tout droit au frigo me chercher une orange, c'était tout ce qui me restait. En la serrant entre mes mains pour la réchauffer je suis allée m'asseoir sur la berceuse près de la fenêtre. J'ai commencé à enlever les pelures; elles embaumaient agréablement, de fines gouttelettes de jus jaillissaient dans le soleil, légères et odoriférantes; mais je n'avais pas la tête aux gouttelettes, j'oubliais de respirer leur parfum piquant, car sans qu'il n'y paraisse, assise sur cette berceuse, j'étais en prières.

Ouais, je priais: Mon dieu Seigneur! Mon dieu qu'est-ce que je vais faire? Aidez-moi! Aidez-moi! Mon dieu mon doux! Je me faisais aussi de l'autosuggestion, les mêmes phrases clés revenaient et je me les répétais avec un semblant de conviction: j'étais en vacances, libre et heureuse, il faisait beau, la vie était belle, Jean-Pierre m'aimait. Je n'étais pas, au grand jamais, une des ces horribles femmes possessives, dépendantes... La veille quand il était parti, mon Jean-Pierre, Dieu sait que j'avais été raisonnable, que je m'avais, que je nous avais fait honneur, que je l'avais quitté honorablement, insouciante, un petit sourire distrait au coin des lèvres. Il m'avait embrassée sur la joue rapidement et j'avais fait de même:

— C'est ça salut!

— C'est ça salut! À vendredi dans deux semaines!

Et je n'avais même pas regardé l'auto disparaître dans la nuit.

J'étais entrée sans me retourner, laissant la porte à grillage me claquer inexorablement dans le dos, alors qu'une immense vague intérieure me soulevait, me poussait à pulvériser cette chienne de porte, à courir dans la nuit, à m'accrocher en larmes à la portière et à hurler éperdument :

— Ne pars pas! Ne pars pas! Emmène-moi! Emmène-moi! J'aime mieux retourner avec toi dans la grosse ville laide, polluée, étouffante! J'aime mieux rester là à crever de chaleur, à t'attendre, à te préparer des thés glacés, des salades, des sorbets! Je les déteste mes maudites vacances qui m'éloignent de toi! Non non non non ne pars pas! Ne pars pas! Ne pars pas!

Ben non ben non, je n'aurais jamais fait ça. Une jeune femme moderne libre et autonome ne fait pas des gaffes comme ça! Et puis il y avait les autres à l'intérieur... Ben non, j'étais plus raisonnable que ça, la vie était belle et simple : Jean-Pierre était retourné travailler en ville et sa blonde prenait ses vacances annuelles dans la verte campagne avec quelques bons amis. C'était parfait. Naturellement il viendrait passer toutes les fins de semaine avec moi, sauf la prochaine parce qu'il devait se rendre à un congrès très important auquel il ne pouvait absolument pas échapper. Il n'y avait donc aucune raison de m'en faire, aucune. Mais moi je m'en faisais, j'étais amoureuse folle, maniaque, transie, éperdue, anxieuse, tout ce que vous voulez et une heure passée sans lui devenait le plus pénible des supplices. Et maintenant il y avait devant moi ces quatre longues et horribles semaines que je devrais vivre seule, seule, seule. Seule dans la maison, les champs, les bois, sur la plage et dans mon lit, seule à m'ennuyer à mourir, à me demander si et si, à vivre à moitié, à gaspiller du temps. Douze jours sans le voir, douze siècles sans le toucher, le respirer, lui parler, entendre sa voix... Douze journées qu'il vivrait sans moi, à m'oublier. Je ne pourrais jamais jamais supporter ça... Je le répétais tout en sachant que c'était de la foutaise, que malgré tout je les vivrais ces maudites journées, qu'il le faudrait, et c'était encore plus effrayant, plus vertigineux. Pour ne pas me laisser emporter par le désespoir, me mettre à sangloter à tue-tête, à m'arracher les cheveux, à déchirer mes vêtements, je me suis accrochée à la berceuse, à mon orange, et je suis revenue à la conversation.

Ils étaient en train d'organiser leur après-midi : pour Pauline et Robert, promenade dans les champs et cueillette de framboises. Quand ils ont annoncé ça, tout le monde s'est mis à rire ; on sait bien qu'ils veulent profiter de leurs vacances pour faire un enfant. Ils restent agglutinés l'un à l'autre avec cet enfant dans le regard ; ils se contemplent avec des petits sourires mystérieux, et ça semble tellement intéressant toute cette aventure que lorsqu'ils partent se coucher on a le goût de les suivre.

Quant à Judith, Nicole, André et Pierre? (ou Jean et Marc?) et Isabeau, ils étaient d'accord pour les plaisirs de l'eau : la plage municipale. Pour Jeanne-Mance et son 'tit maître, expédition en forêt à la recherche de trésors végétaux comestibles.

Si je veux être honnête, je dois avouer qu'ils m'ont tous invitée à partager leurs activités passionnantes, et que j'ai refusé :

— Merci! Merci! Vous êtes bien gentils, mais je n'ai plus rien à manger! Il faut absolument que j'aille faire mon marché! Merci! Merci!

Personne n'a insisté, ils m'ont oubliée et ont continué de jaser et de s'empiffrer. Je suis allée à l'évier laver mes doigts collants puis je suis partie à la recherche de mon sac, que je n'ai pas retrouvé du premier coup, ni dans la cuisine, ni là-haut, et que j'ai finalement réclamé à grands cris, pour enfin le retrouver suspendu derrière la porte de la vieille salle de bain : petite pièce *varte* dégueulasse, avec un horrible siège de toilette en bois verni déverni. Pouah! J'ai traversé rapidement la cuisine et Pauline m'a demandé :

— Tu pars déjà?

— Non non je vais dehors, faire mes comptes.

Je suis sortie et me suis installée sur un coin de galerie à l'ombre. J'ai fouillé à l'intérieur du sac et en ai sorti les billets chiffonnés éparpillés un peu partout. Je les ai défroissés puis comptés, recomptés. En principe, je disposais du montant total de ma caisse épargne-vacances, de ma paye de vacances, et d'un certain montant forfaitaire reçu en prime pour mes beaux yeux. Ah! ah! Un joli magot!

Cependant, après avoir payé ma part pour le logement en ville, ma part pour la maison ici, avoir déposé un autre montant pour le logement du mois prochain, les imprévus du retour, m'être acheté un petit bikini sexé et cher comme les aime Jean-Pierre, m'être acheté aussi six, sept bouquins pour passer le temps, il ne m'en restait pas tant. Les jambes pendantes sur le bord de la galerie, caressée par le petit vent doux, j'ai fait mon budget : cigarettes, gaz, bouffe, littérature sur laquelle je comptais beaucoup pour me faire oublier Jean-Pierre quelques heures, surtout les cruciales, celles du coucher quand j'entendrais craquer voluptueusement les autres sommiers… J'aurais besoin aussi d'un certain montant pour financer quelques sorties, restaurant, magazines, sucreries etc, etc.

J'ai réparti le montant initial dans des petites enveloppes bien étiquetées que j'ai distribuées en divers compartiments de mon sac, laissant les billets pour le gaz, les cigarettes et le divers à portée de la main, dans le portefeuille.

Pendant ce temps, à l'intérieur, ils commençaient à quitter la table; certains s'occupaient de la débarrasser immédiatement, d'autres attendaient leur tour d'aller s'installer sur le siège verni déverni (soit dit en passant, ils ne me verront pas souvent là-dessus, aussi bien me perdre dans la belle nature!) Un autre encore (Isabeau) venait s'asseoir près de moi à l'ombre et essayait de fouiller dans ma sacoche, pour voir si j'aurais pas de la bonne *Chiclets* verte?

— Oui j'en ai! Tiens Zabeau… Va, va jouer dans le sable avec tes camions.

En ce temps-là, les enfants ne m'inspiraient jamais qu'indifférence et ennui, Jean-Pierre aussi, et on s'en trouvait très bien comme ça! On ne cherchait pas le trouble! En fait, on n'avait même jamais effleuré le sujet.

Je me suis allumé une cigarette, et je suis restée un moment à fumer. Oui, le temps était magnifique! La campagne était magnifique! Le vent chaud faisait onduler les champs en belles grandes vagues vertes rafraîchissantes, les insectes gavés de soleil bourdonnaient joyeusement. Je me suis relevée. À travers le grillage j'ai salué tout le monde : Bon après-midi mes bons amis! Et je suis partie dans ma bagnole rouillée soulevée par d'épaisses volutes de poussière beige.

II

En ce lundi après-midi l'épicerie était vide, fraîche et sombre. Assis près de la caisse, M. Tessier, l'épicier favori, faisait ses comptes. Il a levé un oeil au-dessus de ses lunettes, puis l'autre, m'a saluée cérémonieusement. En y mettant du mien, j'ai réussi à me désembrocher un panier, et dans les allées étroites j'ai commencé à le remplir au hasard : soupe aux tomates, soupe aux légumes ; une bonne p'tite soupe avec un sandwich au fromage, des fois quand on ne sait pas trop quoi manger, c'est délicieux, Jean-Pierre aime ben ça. Jus de tomates, jus de pommes, thé (café j'en ai déjà) pâtes alimentaires ; un macaroni à la viande c'est pas mauvais de temps en temps. Du saumon, du thon, pour les salades, beurre de peanut, de caramel et de fudge pour les toasts, confitures de fraises, fromage cheddar, pain, beurre, lait, crème glacée évidemment... Pommes, oranges, tomates, salade, radis, concombres, céleri, oignons, etc etc.

Puis le dessert ! Des bons biscuits au chocolat, puis ceux à la guimauve et à la noix de coco, des p'tits gâteaux au caramel, des *Joe Louis*, des rosettes roses blanches brunes. Deux boîtes ? Pouquoi pas ? Je suis en vacances, non ? Le boulanger venait de passer c'était évident... Et pour finir, une belle grosse boîte de beignes au miel bien collants.

Quand je me suis arrêtée au comptoir de la boucherie, M. Tessier, épicier boucher, est accouru. Pendant qu'il préparait

15

ma commande, quatre steaks dans le faux filet, une livre de steak haché, une demi-livre de boeuf haché pour le macaroni de tantôt, un petit poulet, bacon, jambon, nous avons jasé un peu de la maison à Alphonse St. Germain, oui, oui, oui, que j'avais louée avec un groupe d'amis, ah!

Tessier, sous sa jovialité professionnelle, son grand sourire flairant quelques bons clients pour l'été, m'examinait par en-dessous d'un oeil soupçonneux. Pour l'attendrir je me suis mise à lui vanter les mérites de sa petite épicerie «si judicieusement installée et où on trouve de tout en plein lundi après-midi, n'importe quoi, autant que dans les grands supermarchés où on est obligé de marcher, de marcher...» Ça lui a fait plaisir. En emballant mes petits paquets, il s'est mis à raconter ses débuts dans le commerce et comme deux larrons en foire nous sommes passés à la caisse, dont les additions ont largement dépassé mes prévisions; tant pis je rognerais sur sorties-divers. Pendant que je comptais l'argent, la caissière est entrée, une petite fausse blonde aux ongles vernis en brun chocolat. Ouf! Mme Tessier sans doute? D'un air courroucé elle a repris son trône et pour nous faire pardonner, je lui ai tendu le fric. En me remettant la monnaie, elle s'est décidée à sortir son beau sourire à la clientèle. M. Tessier qui la surveillait d'un air sévère, lui a alors expliqué que Mlle Pelletier demeurait dans la maison à Alphonse St. Germain, à l'autre bout du rang sept. Elle s'est exclamée :

— Alphonse St. Germain! T'es pas sérieux? J'allais là quand j'étais jeune, j'allais là avec ma grand-mère pour acheter de la crème. Mon dieu que le temps passe...

Elle avait la voix enrouée.

On s'est quitté chaleureusement, joyeusement.

— Bonnes vacances mademoiselle!

— Merci! Merci!

Jean-Paul a charrié les sacs d'épicerie jusque dans le coffre de ma bagnole, et j'ai vu tout de suite que cette maudite carcasse me dépréciait dans son esprit. Alors, tapochant le vieux flanc de tôle, j'ai dit avec attendrissement :

— Il serait temps que je la change, la carrosserie commence à être maganée, mais le reste est encore bon. J'ai acheté cette auto neuve et je n'ai jamais mis une cent dessus à part l'entretien régulier.

Ce qui était complètement faux. J'ai eu du trouble avec ce char-là, acheté de seconde main, à m'en rendre folle de dépit; mais Jean-Paul n'y a vu que du feu. Il a approuvé chaleureusement :

— Vous avez raison, usez-la jusqu'à la corde, vous serez peut-être pas si chanceuse la prochaine fois. Plus ça va, plus ils font ça cheap!

— Ça c'est vrai! Bonjour et merci!

Avant de démarrer, j'ai attendu qu'il ait réintégré son épicerie, bien fermé sa porte, car mon moteur se met rarement en branle du premier coup. Il commence par étouffer ben net, puis se reprend, se lamente mais finit toujours par se décider, faut y donner ça.

J'ai fait semblant de retourner fouiller dans le coffre, j'ai flâné un peu, jeté un coup d'oeil aux alentours : le soleil s'étalait sur le petit village désert, brûlait les couvertures de tôle, faisait briller les cordes à linge qui ployaient multicolores. Un vieux chaussé de «running shoes», les noirs et blancs à bottines montantes, se traînait lentement sur le trottoir gris.

Finalement que c'était triste! Cette journée, ce petit village, le vieux... Quelle tristesse! Et il n'était que deux heures vingt minutes. Que cet après-midi était long, finalement...

Pour me distraire un peu, voir où ça menait, j'ai décidé d'emprunter la petite route qui montait derrière l'église. Une fois là-haut c'était bien beau : les champs s'étendaient en six verts assortis, piqués de longues clôtures grises sinueuses. Un ruban de rivière brillante frôlait de près un bon troupeau de vaches noires et blanches.

Des fois je voudrais devenir vache. Une belle vache paisible avec des cornes recourbées, mastiquant sereinement son foin vert, les sabots enfoncés dans la terre molle, sans soucis, sans le moindre taureau ni inséminateur artificiel à l'horizon.

Là-haut, il me venait aussi des odeurs enivrantes de foin séché, de trèfles mauves, et une autre odeur plus piquante que je reconnaissais pas, mais si exaltante qu'elle m'en faisait mal, me ramenait vers Jean-Pierre. Jean-Pierre! Comme on serait bien ensemble à rouler sur cette route bénie, les cheveux au vent. Toi au volant, moi collée sur toi, la radio au bout; il y a justement les Garoulous qui chantent :

Ah toé belle hirondelle qui vole ici!
As-tu vu dans tes cieux mon Alexis?

J'ai remonté le volume. Maintenant la route entrait dans le bois tout ombragé et frais comme rien d'autre qu'une belle forêt verte en été avec le soleil qui filtre à travers les branches des grands arbres, filtre juste assez pour faire un clin d'oeil de temps en temps. Je n'ai pas pu m'empêcher de m'arrêter sur le côté de cette route, d'éteindre le moteur et d'essayer de jouir du moment. Après l'ardeur du soleil, c'était bienfaisant, un genre d'oasis où l'on pouvait se laisser flotter comme un poisson en eau calme et translucide... Si naturellement on pouvait s'empêcher de penser que Jean-Pierre... si Jean-Pierre... etc. Définitivement je n'avais pas droit aux rêveries indolentes dans les verts bosquets. J'ai essayé de lire un peu. Pendant que «Poirot jouait le jeu» pour me distraire un peu, j'entendais le chant clair des oiseaux qui se répercutait d'un arbre à l'autre. Jusqu'à un certain point c'était merveilleux et parfait.

Puis j'ai pensé à la crème glacée dans le coffre arrière, à la viande dégoulinante. J'ai essayé de démarrer et au troisième essai, j'ai filé à la maison.

III

Il n'y avait personne, la cuisine était fraîche et vide, seul un grand rayon de soleil tout mince et brillant réussissait à se couler jusqu'au prélard et en illuminait avec éclat le plus grand des losanges rouges. Je me suis dépêchée d'entrer les sacs d'épicerie, de tout ranger et de me faire un repas rapide : steak saignant, laitue, tomates. J'en étais au dessert, quelques bonnes rosettes sucrées accompagnées d'un grand verre de lait, lorsque Pauline et Robert sont arrivés, un demi-bol de framboises à la main. J'ai bien vu que Pauline trouvait ça triste de me voir comme ça toute seule, en train de manger des rosettes blanches, brunes et roses. Ses grands yeux compatissants savent si peu mentir qu'il m'en est presque roulé un sanglot au fond de la gorge. Elle a fait un petit signe discret à Robert qui, mine de rien, a annoncé qu'il montait lire un peu son *Québec Science* jusqu'à l'heure du souper, et elle est venue s'asseoir à la table en face de moi. Avec désinvolture, arborant ma plus belle humeur, je lui ai offert une rosette. Elle en a choisi une blanche, les brunes sont meilleures, et on s'est mises à jaser de tout et de rien… Elle m'a demandé si je m'ennuyais de Jean-Pierre et j'ai répondu en riant :

— Laisse-lui le temps de partir voyons!

Je savais bien que mon mensonge la blessait, mais tant pis pour elle, n'avait qu'à pas se mettre les doigts. Je lui ai parlé de notre marchand favori Tessier, de sa femme, de la forêt verte.

Pendant que je jasais, elle m'examinait, me fouillait de ses beaux yeux. Qu'est-ce qu'elle voulait? Que je lui braille sur l'épaule? En cet instant je la détestais, elle et son maudit Robert qui allait passer des après-midi dans le champ de framboises rien qu'avec elle; et je ne pouvais m'empêcher, un dard acéré venant se ficher juste à la pointe sensible du coeur, de me demander si ça intéresserait Jean-Pierre un après-midi seul aux framboises avec moi. Évidemment je n'osais même pas me répondre.

Ah Pauline fiche-moi la paix! Fiche-moi la paix!

Non je ne lui ai pas dit ça, j'ai continué de jasotter, de faire comme si de rien n'était... comme si Jean-Pierre était là-haut lui aussi, en train de feuilleter son *Play Boy* rempli d'articles tous très intéressants écrits par des spécialistes, oui merci on le sait. En jouant la nonchalance, j'ai réussi à la convaincre, pas vraiment, juste assez pour lui faire passer une lueur d'admiration dans le regard. Va chier Pauline... Heureusement Nicole et Judith sont arrivées avec Isabeau et sans leurs macs. Je leur ai demandé si elles les avaient déjà balancés. Elles ont toutes deux lancé des hauts cris, scandalisées:

Pardon! Pardon! C'était des gars parfa(s), gentils et comiques; ils s'occupaient d'Isabeau; ils n'étaient que retournés en ville à leur boulot, ils reviendraient. Il n'y avait pas que Jean-Pierre bla! bla! bla! bla! bla!

Bon d'accord c'était parfait, les deux mecs reviendraient et Jean-Pierre resterait là-bas, excusez-moi mesdames.

J'ai commencé à débarrasser la table de mon assiette, de ma fourchette, et de la boîte de rosettes. Richard et sa poule sont alors entrés, les bras chargés de racines bizarres, de feuilles de toutes les tailles, small medium et tall, et nous ont livré un «speach» qui ne manquait pas d'intérêt, faut être objectif, sur le contenu de leur besace. Peu après, Robert est descendu et il n'a plus été question que de souper. Ils ont alors décidé de se préparer un riz communautaire, fournissant chacun une partie des ingrédients nécessaires à la fabrication du plat. Jeanne Mance et son Jules ont tout de suite tendu leurs racines crochues que l'assemblée a refusées poliment sous les prétextes les plus variés. Ils pourraient plutôt, n'est-ce pas, fournir les oignons, les piments. Même si je venais de manger j'ai proposé le céleri et le bacon ; je dégusterais ma portion de riz plus tard dans la soirée, ou le lendemain. Ils se sont tous mis à s'activer allègrement, à coupailler les légumes, cuire le riz, la viande. Moi je lavais ma petite vaisselle. Tout allait bien. Aux fenêtres les rideaux se gonflaient doucement, le rayon de soleil de tantôt se mêlait lumineusement aux fumées de cigarettes et les légumes qui doraient dans l'huile commençaient à sentir drôlement bon… Oui, la vie rêvée! Si je parvenais un instant à oublier que Jean-Pierre aurait pu être assis derrière moi, sur la berceuse près de la fenêtre, à me caresser le dos de sa voix virile tandis que je finissais d'essuyer l'évier.

Pendant qu'ils soupaient, je me suis assise à la table avec eux, tout en buvant un thé, fumant une cigarette, j'ai participé joyeusement à la conversation. En fait il n'y a pas une folie que je n'ai pas dite, faut tout de même tenir son standing! Pauline heureuse riait plus fort que les autres, me couvant de son oeil de mère. Au dessert, comme je voyais que le soleil commençait à s'adoucir, je les ai quittés pour aller prendre une marche.

C'était beau et doux, arbres et champs s'immergeaient dans une lumière veloutée, irradiée de fines poussières brillantes… Beau presqu'à m'en tirer les larmes, surtout que bêtement pendant leur souper, je m'étais mise à espérer un coup de téléphone de Jean-Pierre, que je ne recevrais pas ce soir, inutile d'y penser, on venait de se quitter la veille. Je n'étais pas une enfant… Pour me consoler j'ai marché longtemps dans le foin fou doré et chaud, l'ombre de Jean-Pierre marchant avec moi, m'écoutant, une main légèrement posée sur mon épaule.

Quand je suis revenue, le soir était tombé tout à fait. Sans me faire entendre, j'ai jeté un coup d'oeil à l'intérieur. Ils étaient réunis autour de la table et jouaient aux cartes. Il y avait de nouveaux arrivants : Yvan et Alain qui devaient être venus faire un tour pour la soirée, tout seuls comme deux grands homosexuels qu'ils étaient et que je ne pouvais pas sentir à cause de leur belle âme écorchée à vif et surtout parce que Yvan passait son temps à cruiser Jean-Pierre et que… bon en tout cas…

Pour les vacances, ils avaient loué un chalet à une trentaine de milles de nous, et passaient leurs journées à se faire dorer sur leurs mille facettes.

Je me suis esquivée silencieusement. Je déteste les cartes et tout ce qui les entoure : fumée excessive, cendriers remplis, bière, peanuts et chips grasses, surtout en plein été. J'ai donc décidé d'aller faire un tour au village pour acheter des cigarettes, du chocolat, et peut-être, éventuellement, donner un coup de fil en ville, de la cabine téléphonique, ni vu ni connu, un coup de fil hypocrite genre :

« Excuse-moi de te déranger... oui ça va ! J'aurais pas laissé trois quatre livres sur le coin de la table du salon ? Non ? Bon ! En tout cas ! Tant pis ! Je t'embrasse... bonne nuit. »

En espérant qu'il fasse durer un peu la conversation.

Je roulais lentement, ça sentait la terre refroidie et le foin sec sur lequel vient de tomber l'humidité. Il commençait à faire brun et les sapins pointus sur le côté de la route, figés dans la vapeur blanche, avaient l'air de cerner quelque beau royaume bleu mystérieux magique, et il fallait me raisonner pour m'empêcher d'arrêter l'auto, de descendre, d'enjamber la clôture et de partir là-bas au plus vite, même si je savais que je n'y retrouverais que l'herbe humide et les aiguilles de sapins piquantes et poussiéreuses.

Au village c'était le calme plat. Même les mobylettes étaient parties pétarader ailleurs. À cause de la chaleur, les fenêtres des maisons étaient ouvertes mais personne ne se berçait plus sur les galeries, il était trop tard. Personne sauf une douzaine de jeunes effouairés sur le perron de l'église, qui fumaient immobiles dans le noir. J'ai viraillé un peu à travers les petites rues. Certaines maisons tranquilles, avec des parterres en avant éteignaient déjà leurs feux : heureux mortels à la vie réglée, cohérente et routinière, couchés tôt levés tôt. Finalement je suis entrée au restaurant, « Chez Dolorès ». Dolorès elle-même était assise derrière le comptoir, en train de savourer son *Photos Vedettes* hebdomadaire en fumant une *du Maurier*. J'ai acheté des cigarettes, une *Caramilk* et un petit *Seven up*. On a essayé d'engager la conversation mais le coeur n'y était pas. Je l'ai quittée, mon petit sac brun à la main, je dégusterais ça en roulant. Peut-être même me rendrais-je jusqu'à Mont-Laurier pour voir les affiches de cinéma, un film comique c'est une aubaine pour une fille qui s'ennuie. Après j'irais me coucher seule et je lirais Agatha jusqu'à ce que je tombe de sommeil.

Évidemment en passant devant la cabine téléphonique, je n'ai pas pu m'empêcher d'arrêter, de chercher la monnaie et de téléphoner chez nous à Montréal, chez Jean-Pierre qui bien entendu, n'était pas là. J'ai écouté longtemps la sonnerie qui retentissait lugubre comme un glas à travers l'appartement vide. Jean-Pierre était sorti, c'était normal, prendre un verre, souper chez François ou ailleurs. Normal.

Que cette chienne de journée avait été longue, longue et finalement triste. Que cette maudite soirée était triste aussi. Non! Non! Non! Je ne pourrais pas vivre comme ça longtemps.

IV

Le lendemain, le temps s'était terni. Il avait plu pendant la nuit, et il pleuvrait toute la journée. Il était très tôt, mais je ne pouvais pas rester au lit. Je me suis habillée d'un blue-jean, d'un t-shirt, et brossant à peine mes cheveux emmêlés, les ramassant plutôt en une queue basse et négligée sur la nuque, Jean-Pierre déteste ça, je suis descendue.

La cuisine était pénible à voir. L'air humide qui entrait par les fenêtres ouvertes, plaquait les rideaux jaunes sur le mur jaune avec des bruits mouillés. La vaisselle de la veille était restée éparse sur les bords de l'évier, les marmites sales sur le poêle... Ça sentait les oignons refroidis, les vieux mégots carbonisés, les fonds de bouteilles de bière. Le jeu de carte gluant avait été laissé sur la table éparpillé à travers les écales de peanuts. Quelle désolation! Que faire? Le pluie tombait tombait, et inévitablement j'ai pensé comme il devait être bon en ce petit matin, d'être couché près de celui qu'on aime, de se réveiller, d'entendre tomber la pluie, d'être trop paresseux pour se lever fermer la fenêtre, et de faire l'amour blottis sous les draps en oubliant les gouttes d'eau qui dégoulinent sur le plancher... Pourquoi n'avais-je pas remis ces maudites vacances aux calendes grecques? Pourquoi étais-je venue m'enterrer ici?

Non! Je ne laverais pas leur maudite vaisselle! Non je ne viderais pas les cendriers! Non non nonnon.

25

Je suis remontée là haut, j'ai pris ma cape et je suis sortie passer cette hargne sous la pluie. Ça tombait à siaux... tant pis! Je marchais à longues enjambées sans même contourner les flaques d'eau, les gouttes me ruisselant sur le visage. Je me suis retrouvée trempée jusqu'aux os en peu de temps, mais peu importe! Je marcherais jusqu'au bout du rang. Je n'avais qu'à attraper une pneumonie et à en mourir! Qu'il braille le beau Jean-Pierre! Qu'il s'arrache les cheveux! Qu'il réalise... Bon voilà que je devenais ridicule... Ce n'était tout de même pas de sa faute s'il ne pouvait prendre ses vacances en même temps que les miennes. L'ennui me rendait dingue.

Le dos rond, dégoulinante, je suis revenue à la maison. Personne n'était encore levé. J'ai suspendu mes vêtements mouillés, j'ai fermé les fenêtres et remonté le thermostat pour chasser l'humidité. Malheureusement nos proprios amants des belles couleurs pastel n'avaient pu supporter le noir trop fade de leur vieux bon et fidèle poêle à bois. Il n'en restait plus tristesse! que le trou de fumée bloqué par une plaque de tôle également peinturlurée, je devrais me contenter des poussées d'air tièdes et huileuses.

J'ai commencé à faire la vaisselle. Tout en lavant essuyant, j'ai laissé ma pensée vagabonder et je me suis mise à élaborer (rien de sérieux un simple rêve) à élaborer un plan de visite surprise à Jean-Pierre. Ça m'a encouragé, une visite pourquoi pas? C'était faisable! Pas tout de suite, non non non, c'était trop tôt, mais la semaine prochaine hein, la semaine prochaine... Revigorée par mes pensées, je me suis préparé un petit déjeuner copieux : jus de pommes, shit j'avais oublié d'acheter des céréales... donc jus de pommes, oeufs bacon, tranches de tomates, toasts fromage confitures, et pour terminer biscuits au chocolat accompagnés de deux grands verres de lait. En cherchant les biscuits, je me suis aperçue que quelqu'un s'était servi dans mes boîtes de gâteaux... Je connaissais déjà les coupables : les deux naturistes féministes mangeux de graines, faudrait que je les tienne à l'oeil! J'ai passé le balai, nettoyé la table, frotté ici et là... Quoi faire? Quoi faire? Commencer un nouvel Agatha? Témoin muet? Ou encore feuilleter les vieux *Bulletins des Agriculteurs* dont j'avais découvert des pleines boîtes dans le hangar derrière la maison? Mais il était trop tôt pour lire. Donc, petite ballade au village pour acheter des céréales et du lait.

Le village tranquille baignait dans l'averse translucide qui le transformait, le rendait flou, irréel, donnait à ses maisons la même couleur d'eau. Sans attendre, je suis entrée chez mon Tessier favori. En cet avant-midi pluvieux, il y avait déjà cinq six clients qui se bousculaient dans les allées étroites. À la caisse, Mme Tessier régnait, prenait donnait les nouvelles du jour, les répétait avec commentaires à l'appui. Tout en choisissant des céréales — *Shredded Wheat? Corn Flakes? Rice Krispies?* — j'écoutais les conversations. Pour faire durer le temps, exprès je tripotais les boîtes, lisais les listes d'ingrédients... La femme à Jean-Paul était entrée à l'hôpital, celle de René Veilleux avait foutu le camp avec meubles et enfants, Linda s'était enfin trouvé une job à l'hôpital merveilleux et la vieille Mamme Albert était morte. On l'avait découverte étendue dans la cuisine, baignant dans ses excréments. Elle se trouvait là depuis deux jours, sa fille Rollande l'ayant vue le soir du 12 pour la dernière fois. La vieille entêtée vivait seule et refusait depuis longtemps la sécurité du Foyer, les bonnes odeurs de tabac, les amitiés sincères de ce havre de bonheur. Mourir seule elle l'avait voulu! C'était triste mais que voulez-vous?

Misère humaine... Misère humaine!

«Pendant la nuit la vieille s'était éveillée, en proie à un drôle de malaise, un malaise étrange beaucoup plus inquiétant que ceux qu'elle connaissait déjà. Elle s'était alors levée péniblement pour se rendre à la salle de bains, ou pour appeler le médecin... peut-être. Une fois debout, un lourd étourdissement l'avait fait chanceler. Mais la vieille opiniâtre s'accrochant à l'encoignure de la porte, à une chaise, s'appuyant sur le mur, avait réussi à avancer de quelques pas. Sa maison était vétuste comme elle, dépourvue de commodités; la salle de bains était située trop loin tout au fond, dans une espèce de petit réduit. Une autre étourdissement lui avait brouillé la vue, une douleur violente à la poitrine avait arrêté le mouvement qu'elle esquissait. Alors elle avait appuyé son front contre le mur et avait attendu un bout de temps que le mal se calme. Puis elle avait recommencé sa marche à l'aveuglette, car maintenant elle n'y voyait presque plus. La lueur de la veilleuse qu'elle laissait toujours allumée, revenait vaguement, disparaissait mais ce n'était pas grave. Elle connaissait cette maison d'un mur à l'autre, jusque dans ses moindres recoins. Elle l'avait nettoyée, frottée, peinte et repeinte, chaque planche, chaque tête de clou était sienne. Elle s'y dirigeait sans rien voir.

«Mais voilà que la douleur revenait lancinante. Dans un geste spontané elle avait laissé le mur pour étreindre sa poitrine torturée et alors, perdant l'équilibre, elle s'était étalée sourdement sur le prélard usé. Elle était restée longtemps évanouie, sans bouger, comme morte.

«Le soleil éblouissant du matin lui avait ouvert les yeux. Tout d'abord elle s'était crue dans son lit, avait refermé les paupières et avait attendu comme tous les autres matins de retrouver peu à peu ses réalités. Puis regardant autour d'elle, s'était aperçue qu'elle gisait près du poêle. Elle respirait difficilement, mais il n'y avait plus trace de la douleur. Alors péniblement elle avait essayé de se redresser mais le mal était revenu foudroyant. Elle était donc restée étendue et avait essayé de dormir un peu. Elle était patiente et ne s'affolait pas facilement, ce n'était pas la première fois qu'elle tombait ainsi pendant la nuit et on était toujours venu à son aide.

«Beaucoup plus tard, une soif torturante l'avait éveillée. Elle avait appelé longtemps de sa voix faible, chevrotante, en vain. Dehors elle entendait les autos qui passaient, elle entendait aussi des pleurs d'enfants, les cris de leur mère. Quelqu'un viendrait. Un de ses propres enfants viendrait aux nouvelles au cours de la journée, il y en avait encore onze de vivants… De l'eau… de l'eau… pitié de l'eau… Sa langue était épaisse, sa gorge sèche, de l'eau… En tournant un peu la tête elle pouvait voir l'évier et la chantepleure qui gouttait. Puis le noir la reprit, elle se sentit plus mal encore et réalisa qu'elle allait mourir. Elle n'avait pas peur de la mort, elle l'attendait depuis longtemps, l'avait souvent appelée à grands cris mais elle ressentit tout de même un petit frisson de panique. Cependant elle n'appela pas Dieu, ni sa bonne Sainte Mère, ni son défunt Albert, pas encore. Elle savait qu'ils ne lui répondraient pas, comme d'habitude elle devrait trouver les forces seule, en elle-même, comme elle l'avait toujours fait. De toute la journée, personne ne vint, et elle ne fit plus d'efforts pour se lever. À l'heure où j'aurais pu me promener avec l'ombre de Jean-Pierre, elle vit par la fenêtre au-dessus de l'évier de sa convoitise, les beaux rayons du soleil couchant descendre du ciel tout rose. Ces rayons qui lui avaient mille fois coloré le visage, pendant qu'elle lavait la vaisselle, et ce soir elle trouva le ciel tellement beau que les larmes lui en vinrent aux yeux. Il lui apparaissait clairement qu'après tout, en sa vie, il n'y avait jamais eu rien d'autre qu'elle et ce grand ciel rouge, que le reste avait si peu existé. Elle oublia tout, même les douze enfants sortis de son corps, même Albert son bel Albert du jour de ses noces avec sa petite moustache et ses mains douces rugueuses et tendres en même temps... Elle essaya de prier un peu : Mon Dieu... bonne Sainte Mère... bonne Sainte Anne...

« Alors la lueur de la veilleuse réapparut, c'était le soir déjà ? Et des scènes de sa vie se mirent à affluer. Elle les refoula. Sa vie ne l'intéressait plus. Pendant les longues années de vieillesse solitaire elle l'avait trop vécue, revécue, jugée, pleurée, rie. Elle ne l'intéressait plus. Et alors elle s'aperçut que la soif était disparue enfin mais son corps fut soudainement secoué par un grand frisson, et ses intestins se relâchèrent. En sentant les vagues chaudes couler le long de ses jambes, elle pleura de honte.

« Quand elle s'éveilla à nouveau elle vit bien qu'il y avait quelque chose de changé, tout était différent : d'abord la douleur l'avait abandonnée... Elle respira prudemment puis respira encore, délivrée soulagée, surprise, heureuse. Cette respiration se mit à grandir, à devenir immensément profonde, gigantesque. Elle sembla alors ouvrir en elle une large voie claire et blanche sur laquelle il était tentant de se laisser emporter. Enivrée par ce souffle puissant, la vieille se dressa grande et forte, ses cheveux dénoués volant dans le vent doux et parfumé et lentement elle se dirigea vers le chemin lumineux qui s'étendait devant elle...

« Dans la petite maison sombre, le vieux corps retomba inerte, et peu de temps après le soleil se leva. »

Adieu mamme Albert! Adieu.

Je suis passée à la caisse payer mes *Shredded Wheat*, mes *Corn Flakes* et une boîte de *Velveeta*. Les autres clients étaient partis, et Mme Tessier, notre caissière favorite, m'a repassé la nouvelle pour la vieille Mamme Albert :

— C'était une bonne cliente... Mourir de même toute seule dans sa vieille maison, c'est ben pénible... Mais que voulez-vous? Elle était trop entêtée.

Une vieille tête de cochon.

Par cette pluie, ce n'était pas tellement tentant de rouler, il se formait une buée à l'intérieur des vitres, les essuie-glaces fournissaient à peine à canaliser les torrents qui s'abattaient sur le pare-brise. Je n'ai pas cherché les détours, j'ai filé directement à la maison et en sortant de l'auto, j'ai mis les deux pieds dans une flaque. Amen. Il était presque midi mais il n'y avait qu'Isabeau de levé, pauvre petit mec, en train de se fabriquer une toast au beurre de peanut. Je lui ai offert des céréales, du jus qu'il a accepté. Quand il aurait fini, je lui donnerais des gâteaux, je ne savais pas trop quoi lui dire, mais je pouvais toujours le bourrer. Pauvre enfant! Et pauvre moi!

J'ai baissé le thermostat, on étouffait là-dedans, et je suis allée chercher une pile de *Bulletins des Agriculteurs*. Je me suis installée sur le vieux divan et j'ai commencé à feuilleter les pages humides, jaunies, à l'odeur d'ancien temps. Avec Jean-Pierre tout près et sa main chaude sur ma cuisse, serré tout contre moi pour pouvoir lire plus facilement les aventures d'Onésime et de Zénoïde, ça aurait pu devenir intéressant. Mais seule avec Isabeau et les craquements là-haut, c'était déprimant.

J'ai cessé de tourner les pages jaunâtres et je suis restée à ne rien faire, à regarder les gouttes d'eau gicler sur la vitre, à regarder les arbres, les champs vert pâle tout trempés, à réfléchir... J'avais vingt-cinq ans, c'était la première fois que je tombais en amour et avant, quand j'en rêvais, je n'aurais jamais cru que ça puisse devenir aussi douloureux, aussi angoissant. J'avais plutôt pensé que l'on s'enfonçait dans un espèce de paradis ouaté, tout doux. Toutes ces bibittes, ça devait être la rançon du bonheur.

Que faire?

Les marches craquaient. Jeanne-Mance descendait dans son déshabillé fleuri, Richard dormait encore. Elle m'a souri. Dans le fond, je l'aimais bien, Jeanne-Mance. Elle était douce et gentille, sauf que son Richard m'emmerdait, antipathie naturelle? Et que lorsque je la voyais avec lui, soumise, approbatrice, s'abdiquant elle-même, la moutarde me montait au nez. Mais en la regardant descendre, subitement l'inquiétude m'a prise. Je me suis demandé si moi aussi avec Jean-Pierre? Mais j'ai vite chassé cette mauvaise pensée, très loin, jusqu'en Exopotamie.

Jeanne-Mance s'est assise, s'est mise à se bercer sagement, bien emmaillotée dans sa robe de chambre. On voyait juste le bout de sa pantoufle de poil rose. Elle est petite, dodue, rousse, peau rose. Moi, gâteaux pas gâteaux, je suis maigre anguleuse, un roseau coriace.

Pour en revenir à Jeanne-Mance, elle est encore plus petite que Richard, qui est lui-même minuscule. Elle s'est mise à me raconter ses maudits rêves époustouflants, puis à me jaser de son ancien chum Johnny. Elle en parle souvent quand Richard n'est pas là, peut-être pour se venger de sa soumission quotidienne. En tout cas finalement parle parle, je n'ai pas pu m'empêcher de me mettre à mon tour à chanter les louanges de Jean-Pierre. D'en parler comme ça, librement, me donnait l'impression qu'il était un peu là. Elle la bienheureuse m'a écoutée avec attention jusqu'au bout. Alléluia pour Jean-Pierre!

Isabeau commençait à en avoir assez, il s'est mis à courir comme un fou autour de la table et à crier, il nous embêtait le cher petit. Jeanne-Mance qui adore les enfants a murmuré:

— Voyons Zab Zab calme-toi, mon oncle Richard fait dodo, veux-tu un bon biscuit aux graines de sésame?

Zab Zab a continué à tournoyer de plus belle. Il m'énervait terriblement. Je l'ai saisi par le bras, le serrant un peu trop fort:

— Zabeau, je t'habille et tu fais dix fois le tour de la maison en courant. O.K.?

Mais il s'est mis à hurler. Jeanne-Mance a détourné le regard pudiquement... Le p'tit maudit! Je lui ai fait une concession :

— Je m'habille et j'y vais avec toi, on va courir ensemble?

Il a fait signe que oui, s'est arrêté de crier.

Ça m'éviterait de les voir tous descendre de là-haut avec leurs yeux cernés et leur air satisfait. On formait un beau tableau, Zabeau et moi. Lui avec ses bottes noires, son imperméable jaune, son grand chapeau, moi ma cape verte. Mais on n'avait pas le coeur à s'admirer. On a couru deux tours, puis on a marché... Il pleuvait trop. Finalement, on a fait six tours et on est rentrés.

Ils étaient tous levés, déjà en train de manger. Judith s'est exclamée :

— Qu'est-ce que Zabeau fait dehors à la pluie battante? Il va me taper une amygdalite!

Je me suis sentie coupable, c'était son enfant :

— Ben on avait besoin de prendre l'air...

Elle s'est pincée :

— Il me semble que je l'avais déjà dit, le pédiatre me l'a répété, il ne faut pas qu'il prenne l'humidité... Le docteur Lacroix ne sera pas content quand je vais lui dire ça.

J'ai répondu niaiseusement :

— Savais pas.

Alors que j'avais juste le goût de lui dire : «Mange donc d'la marde! Lève-toi donc le matin pour t'occuper de ton p'tit, au lieu de passer l'avant-midi à traîner au lit, à rembourrer ta culotte de cheval!»

Zabeau est allé se faire déshabiller par Pauline, la seule vraie mère, qui lui a chantonné :

— Pauvre Zabeau, c'est vrai le matin tu dois trouver ça long. Demain tu viendras me réveiller si tu t'ennuies trop.

Et Robert, déjà le seul vrai père, a ajouté :

— Ben oui Zabeau, t'auras juste à frapper sept grands coups s'il est sept heures, huit grands coups s'il est huit heures...

Zabeau a aimé ça, il s'est mis à rire. Judith a pris un air inquiet et a regardé Robert d'un oeil courroucé.

Et la journée s'est étirée en longueur.

Ils ont mangé fumé et après la vaisselle, Nicole et Judith avec Zabeau dans les jambes, se sont lavé les cheveux, manucurées, appliqué des masques aux blancs d'oeuf, des poches de thé sur les yeux. Richard-Jeanne-Mance sont montés s'enfermer pour pouvoir travailler à l'Oeuvre : lui dictait, elle écrivait. Pauline et Robert sont venus me rejoindre avec une autre pile de *Bulletins des Agriculteurs*. La grosse tranquillité. À un moment Judith et Pauline se sont mises à discuter de l'allaitement maternel. Pauline ne comprenait même pas qu'une femme ayant désiré un enfant, refuse de l'allaiter. Judith qui n'a surtout pas allaité le sien, «parce que son médecin ne lui conseillait pas (ah ah ah), parce que ça ne lui disait rien, parce qu'elle ne pouvait pas supporter une seconde de se sentir esclave de quelqu'un, et parce qu'elle ne voulait pas déformer sa jolie poitrine» (ah ah ah) se défendait vigoureusement avec l'appui passionné de Nicole. Pointant continuellement l'exemple vivant de ses dires, son Zabeau joufflu, qui sans broncher coloriait furieusement en vert toutes les pages de son cahier, et qui à vingt ans, c'était inévitable, ça Pauline ne l'a pas dit mais elle le pensait, fantasmerait sur les gros seins de nourrice.

Quant à moi, pour contrarier Judith, car je n'avais jamais vraiment réfléchi à la question, j'appuyais vigoureusement Pauline. Je proclamais comme argument frappant que si on a ces deux seins-là, c'est pour s'en servir non? Retranché dans un silence approbateur, Robert semblait prêter à la discussion une oreille de nourrisson affamé, du moins à en juger par les coups d'oeil nostalgiques qu'il posait, entre deux gorgées de bière, sur le gonflement plus ou moins évocateur de nos corsages.

V

Après le souper, je n'en pouvais plus. Vers sept heures, sous prétexte d'aller au village chercher des cigarettes-avez-vous-besoin-de-quelque-chose?, je suis partie sur la route spongieuse par les flaques d'eau et les branches dégoulinantes. La pluie s'était arrêtée en fin d'après-midi et le soleil en profitait magnifiquement avant la nuit, pour rattraper le temps perdu. Cette journée passée à l'intérieur m'avait donné le goût de respirer, et l'air calmé par la pluie était bon, frais, chargé d'odeurs de terre et de racines. J'ai baissé les vitres et filé les cheveux aux quatre vents du ciel.

En arrivant, j'ai fait mon tour de village habituel. En passant devant le salon funéraire, j'ai vu que Mamme Albert était arrivée et il m'est venu la drôle d'idée d'entrer la saluer. Je me suis garée en face, dans le stationnement du garage municipal, derrière une Cadillac noire. Je suis restée un bon moment à tergiverser, à me demander si j'allais entrer ou pas. Finalement je me suis décidée. J'ai traversé la petite rue silencieuse trouée d'une grande flaque d'eau en plein milieu, où grouillaient de grands maudits vers roses ben lavés. Pouah! Les marches et le balcon étaient recouverts d'un tapis verdâtre, gorgé d'eau. Il y avait de chaque côté, une malheureuse petite rocaille avec des fleurs de plastique aux couleurs délavées et des pierres rondes peintes en bleu aqua. Quelle tristesse!

J'ai ouvert doucement, le cercueil était tout près, à gauche, et ça sentait les fleurs de serre. Ils étaient tous agenouillés en train de réciter le chapelet et ça donnait le gai murmure que l'on connaît tous. Je me suis agenouillée moi aussi, comédie, dans un petit espace derrière une lampe à pieds nickelés, qui avait dû veiller des centaines de morts. D'où je me trouvais, je voyais très bien Mamme Albert. La pauvre, ils lui avaient fait une passe! Ils lui avaient, c'est le cas de le dire, bien arrangé le portrait! Je ne l'avais jamais vue avant, mais j'étais certaine que ce n'était pas vraiment elle, pas à quatre-vingt-six ans et sept mois! Ils lui avaient tellement étiré la peau du visage, qu'il ne lui restait plus une seule ride. Ils l'avaient vêtue d'une robe rose, et lui avaient entortillé son gros chapelet blanc autour des mains qui elles, au moins, avaient l'air de ses vieilles mains maganées. Comme disait sa fille après les deux dizaines de chapelet : «Maman n'a jamais été aussi jeune, aussi belle! On lui donne à peine trente ans!»

Pauvre Mamme Albert!

Je me suis enfuie les larmes aux yeux, pleurant sur elle, sur la vie, sur moi, parce que Jean-Pierre n'avait pas téléphoné et qu'il ne le ferait pas non plus ce soir.

J'ai survolé la flaque d'eau. Il n'était que huit heures trente-trois, le soleil n'était même pas encore couché tout à fait... Que faire? Une autre fois le tour du bled avec arrêt chez Dolorès. Les sept huit crottés de la veille, délaissant le perron de l'église, s'étaient installés sur celui de Dolorès. Pour entrer, j'ai dû les enjamber. J'ai acheté quelques barres de chocolat, des cigarettes. Quand je suis sortie, il y en avait un qui m'attendait. Il m'a touché le bras doucement, s'est rapproché encore et m'a demandé à l'oreille, à voix basse, «si j'avais pas un peu de stock».

Bon, en temps normal si Jean-Pierre etc. etc., j'aurais pondu une blague plate pour leur faire avaler mon refus et j'aurais filé mon chemin. Mais à peine le quart de la soirée était entamé, et il ne me restait pas la moitié d'un Agatha à gober. Alors j'ai froncé les sourcils, j'ai fait :

— Hum?

Et j'ai sorti de ma sacoche un vieux «baggies» à moitié plein de p'tit québécois de l'été passé sans oublier le paquet vert de papier à rouler *Export*. En fait, je ne suis même pas une fumeuse de pot, j'en traîne pour rouler un joint à Jean-Pierre quand ça lui tente, ou encore pour offrir à des amis à l'occasion, ou pour impressionner... Donc j'ai sorti le «baggies». Les sept huit crottés se sont dressés ravis, m'ont entraînée :

— Viens on va aller sur le perron de l'église, la Dolorès c'est une stooleuse, avec le nez fin en plus!

— Allez-y à pied, j'amène l'auto.

Il y en a un qui s'est précipité :

— J'embarque avec toi.

Il ne voulait pas me perdre, perdre la mine à pot.

On s'est installés juste sous le lampadaire et je leur ai roulé ça comme une grande fille. J'en ai roulé sept. J'ai horreur de me faire repasser des petits bouts de joint gluants de bave : un pour moi, je leur ai refilé le restant. Ils en ont gardé trois pour le lendemain, et on s'est mis à inhaler silencieusement.

Je me sentais bien avec ces jeunes-là, sur le perron de l'église. Le soir fraîchissait encore mais restait juste sur le seuil de la douceur. Au loin, derrière les lumières du village, des chants de grenouilles se répercutaient. On fumait en paix, protégés par notre bonne Sainte Mère et son grand clocher. Il y avait trois filles et cinq garçons. Les filles se disaient des choses à voix basse et riaient comme des folles. Ils avaient tous seize, dix-sept ans, et savaient que j'habitais la maison à Alphonse, et je m'imaginais leur tête à la maison, là-bas, si un bon matin à la suite de cette soirée, ces sept huit crottés-là se présentaient :

— Sylvie, peux-tu venir jouer avec nous autres?

Bof! J'ai balayé ça avec la dernière poff. Qu'ils mangent de la marde eux autres, je suis libre de fréquenter qui je veux. Les jeunes commençaient à feeler, à se dégêner, moi aussi. On se regardait en rigolant comme des Esquimaux dans des vieux documentaires de l'O.N.F. Puis j'ai pensé au chocolat, je leur ai dit :

— J'ai du chocolat.

Il y en a un, noiraud avec des yeux grands comme des soucoupes, qui s'est mis à danser :

— Du chocolat! Du chocolat!

J'avais juste quatre palettes : deux *Laura Secord*, une *Caramilk*, une *Mars*. On a tout bouffé en un clin d'oeil. On s'est délecté, tordus de rire, puis j'ai donné de l'argent à noiraud pour qu'il aille en chercher d'autres, des tas! De quoi vider les étalages de Dolorès. Il est revenu plié en deux.

— Vive le chocolat! Vive le bon chocolat! etc., etc., ah! ah! ah!

Peu à peu, l'estomac lourd, on s'est calmé, et en fumant des *Belvédère* en regardant les étoiles, on s'est mis à jaser tranquillement. On a filé comme ça jusqu'à quatre heures du matin. Quand je les ai quittés dans la grisaille de l'aube et les bonnes odeurs du matin, je savais leurs noms, leurs âges, tout. J'avais même réussi à leur parler, les yeux dans le vague, de mon chum Jean-Pierre bouhou! Bouhou! Et noiraud avait réussi à me regarder d'une façon spéciale avec ses yeux spéciaux; et moi j'avais eu envie de le serrer sur mon coeur en pleurant. C'est émouvant de se faire faire de l'oeil par un p'tit jeune.

Pauvre enfant, pauvre vie, pauvre amour, pauvre misère de misère!

En sortant du village, j'ai jeté un regard hypocrite sur la cabine téléphonique. Évidemment il était trop tard, il ne comprendrait jamais que je le réveille à quatre heures du matin pour lui dire que j'avais envie de faire l'amour, envie de me faire, envie de lui faire...

Le lendemain, c'est-à-dire quelques heures plus tard, je me suis réveillée découragée, abattue, remplie de honte pour mes folies de la veille, pour mon passé, pour mon existence entière. Ne me pardonnant pas de respirer, n'acceptant plus rien de moi, pas la plus petite partie, même pas un cheveu. Me détestant, me niant complètement, irrémédiablement, acceptant de disparaître, de mourir sur le champ, d'être anéantie instantanément. Le soleil avait beau illuminer derrière les rideaux et transformer la chambre en un antre rouge vin, je ne parvenais pas à m'accepter une seconde, à justifier aucun de mes actes.

Jean-Pierre, au secours! Au secours!

Je me suis levée vite vite, et sans même prendre le temps d'ouvrir les rideaux, j'ai fui cette chambre. Ils dormaient tous derrière leurs portes fermées, et en bas, Isabeau, solitaire, mangeait ses éternelles toasts au beurre de peanut, pauvre enfant! Judith devait lui avoir fait comprendre que les huit grands coups, c'était une blague. Je lui ai offert une orange qu'il a refusée, du jus de pommes qu'il a accepté.

J'ai essayé de jaser un peu avec lui mais je ne savais pas trop quoi lui dire, j'essayais de lui faire une petite conversation avec des questions plates genre :

— As-tu hâte d'aller à l'école?

— Veux-tu un gâteau?

Je ne sais pas dialoguer avec les enfants, j'essaie d'être fine et je ne réussis pas. Je ne suis pas capable d'adopter le langage fantaisiste de Pauline :

— Hum y a un 'tit écureuil qui est en train de grignoter des peanuts icitte à matin, un 'tit écureuil blond avec une 'tite queue…

ou celui indifférent, ennuyé, de Judith.

J'ai abandonné.

Qu'allais-je faire de cette autre interminable journée ensoleillée? Une marche dans les champs peut-être? Une marche qu'il faudrait que je fasse durer au moins deux bonnes heures, piétinant sur place, m'assoyant souvent sur un bout de rocher pour fumer une cigarette, parcourant de longs détours qui se révéleraient toujours trop rapides. Puis, en revenant de cette promenade forcée, prendre un déjeuner dîner, car avec tout le chocolat de la veille, je ne ressentais pas encore le moindre appétit, puis... puis...

Avec ce qui s'était passé la soirée précédente, il n'était pas question que je remette les pieds au village pour un bout de temps. Naïfs comme on l'est à cet âge, ces jeunes-là devaient s'imaginer que j'étais bonne pour les faire tripper au chocolat six soirs par semaine. Alors donc, petite randonnée à Mont-Laurier pour acheter quelques livres, il ne me restait plus que les deux derniers chapitres du dernier Agatha, aussi bien dire rien du tout. Pour la soirée on verrait.

Isabeau, finissant son gâteau, se léchait les doigts. Il m'a demandé :

— Quand Pauline va se lever ?

— Je ne sais pas...

On était là tous les deux à s'ennuyer et je n'avais pas le goût de chercher des activités pour Isabeau, encore moins de jouer avec lui. Alors il s'est mis à tournoyer en criant. C'est ça, crie Zabeau, ils vont peut-être finir par se lever !

Puis Pauline est apparue dans les marches de l'escalier, vêtue d'une grande jaquette blanche avec un chat dans les bras : une apparition de film pour enfants.

— Zabeau regarde, hier j'ai trouvé un beau p'tit chat, veux-tu qu'on s'en occupe ensemble ?

Isabeau s'est avancé, subjugué.

Elle m'a aperçue :

— Allo toi ! Quel train tu mènes ? On ne te voit plus, tu cours tout le temps à gauche à droite...

(Elle m'avait entendue rentrer aux petites heures.)

— J'étais presqu'inquiète, as-tu eu du trouble avec l'auto ?

Que lui répondre ? La vérité ? Je fumais du pot avec des «flots» pour oublier mon ennui ? Non, évidemment non, c'était inavouable. Que lui répondre ? Elle savait tout de moi, de ma vie. Je lui ai souri.

— Non, non, je n'ai pas eu de trouble avec mon char... Je suis allée à Mont-Laurier, ils repassaient Harold et Maude...

(Harold et Maude, Pouah ! Je suis tannée de ce maudit film-là, je ne veux plus le voir, je ne veux plus en entendre parler, je l'ai vu une fois c'est assez !)

— ... Puis après je suis allée au restaurant... puis je me suis baladée un peu... je ne m'endormais pas c'est tout.

Elle m'a regardée attentivement, à peu près incrédule.

— Ah !

(Oublie-moi Pauline, oublie-moi, y a rien d'autre à faire.)

Heureusement Zabeau s'est mis à la harceler :

— Le chat y veut manger ! Le chat y veut manger !

Elle a hésité, m'a regardée encore presque implorante, la pinte de lait dans la main.

(Ma maudite Pauline, un mot et je te frappe, je ne te parle jamais plus.)

Elle n'a rien dit, s'est occupée du chat. Une chance pour elle ! Alors je me suis mise à jaser, j'avais le goût de reprendre nos vieilles conversations. Je lui ai parlé des vieilles tounes que j'avais entendues en me baladant, des beautés de la verte campagne, de Mamme Albert, des livres que j'irais acheter cet après-midi. J'avais une envie folle de lui raconter cette fumerie au chocolat... En y repensant, c'était finalement assez comique cette histoire-là : des flots et une pauvre folle en train de s'envoyer en l'air et de s'empiffrer de chocolat, bien installés sur le perron de l'église par un beau soir d'été ! Mais j'ai préféré me et la priver de ce plaisir-là, parce que j'avais honte et aussi parce que j'avais peur qu'elle me trahisse, qu'à un moment donné elle en parle innocemment à Jean-Pierre et qu'il se moque de moi, qu'il me méprise. D'autre part, j'aimais autant ne pas lui demander de se taire là-dessus, ça avait l'air trop suspect... Toujours est-il que je me suis tue. Peut-être que dans quelques années, alors que nous évoquerions de vieux souvenirs, me mettrais-je à table, mais pas maintenant.

Je lui ai demandé si elle avait envie qu'on aille se promener, elle a accepté avec enthousiasme. Zabeau viendrait et le chat aussi naturellement. Elle est montée s'habiller sur la pointe des pieds et est vite revenue, vêtue d'une belle jupe multicolore assortie d'une blouse paysanne. Pauline est toujours très esthétique, toujours dans la note; elle avait vraiment l'air d'une jeune fille fraîche et saine partant faire une promenade dans la verte nature pure. Elle cadrait parfaitement dans le décor, prête pour la photo. Pas moi avec mes jeans trop lourds et mon chandail étiré.

Oui, la matinée était merveilleuse! Le soleil resplendissant! Les odeurs de foin chaudes et enivrantes! Et tout en marchant Pauline m'entretenait de ses premières espérances: elle était déjà certaine d'être enceinte! Bien sûr, il faudrait attendre la période des menstruations pour en établir la certitude scientifique, mais quant à elle, physiquement et moralement, c'était tout établi. Il y avait des douzaines de signes absolument indéniables. Robert lui-même était convaincu, il disait que ses seins grossissaient de jour en jour. En tout cas, elle ne prenait pas de chances, elle dirigeait déjà des torrents d'amour vers son utérus gonflé des premières cellules du foetus.

Souvent je voudrais que Jean-Pierre et moi on devienne Robert et Pauline. Quand on est eux, ça a l'air tellement facile de s'aimer! Leur amour coule comme l'eau claire d'une rivière et ils y voguent tranquilles dans leur bateau à fond plat.

Jean-Pierre, Jean-Pierre, au secours! Help! Nous aussi on est parfaits! Jean-Pierre, quand tu n'es pas là j'ai peur! J'ai froid! J'ai mal partout! Mes bras mes jambes ma voix mon souffle! Jean-Pierre, tu me manques! Au diable le soleil le vent les nuages, Jean-Pierre!

— Oui oui Pauline, je t'écoutais...

À notre retour, juste en entrant, on a vu les longues jambes de Robert bien serrées dans leurs jeans, qui descendaient l'escalier. Il nous a souri, a fait un clin d'oeil tendre à Pauline :

— Allo !

Dear Robert ! Je sais tout de lui. Je connais ses goûts, ses besoins, ses dégoûts, je suis familière avec les méandres profonds de son psychisme. Il doit en être au même point avec moi, puisqu'on a la même Pauline en commun. Mais lui et moi, on ne se parle pas beaucoup, on ne se déteste pas mais on ne s'aime pas non plus. Je le trouve tellement paternaliste, protecteur... J'ai l'impression que je n'aurais qu'à me mettre à genoux à ses pieds pour qu'il me pose la main sur la tête et me bénisse. Lui trouve que je manque de délicatesse, de féminité ! Que s'est-il passé pour que Jean-Pierre tombe en amour avec moi ? D'abord est-il en amour avec moi ? Il l'a déjà dit... J'y demande pas trop souvent, ça le tanne. Mon dieu, mon dieu ! Faites que Jean-Pierre m'aime toujours ! Toute la vie ! Pour le restant des jours ! Faites qu'au jour de notre mort on se change tous les deux en statue de pierre, et que nos deux coeurs continuent de battre sous le roc, éternellement amoureux... comme dans quel film déjà ?

Judith est descendue de bonne humeur. Zabeau lui a montré le chat et elle l'a caressé, en leur parlant doucement à Zabeau et au chat. Depuis que Pauline et Robert lui répètent que Zabeau est intelligent et tellement raisonnable, elle lui montre plus d'égards. Tant mieux, tant mieux...

On a pris notre brunch en famille. La cuisine était encore fraîche, mais à travers le grillage de la porte, on entendait bourdonner allègrement les insectes. On entendait aussi presque briller le soleil sur les toits de nos autos, sur leurs chromes rutilants, sur la route poussiéreuse. À midi ce serait torride. Richard a parlé de baignade, et tout le monde a approuvé. Je me suis même laissée gagner, j'irais moi aussi me tremper dans l'eau tiède de la plage municipale. Je ferais partie de ce joyeux et bruyant groupe de baigneurs. Vive l'été ! En fin d'après-midi, j'aurais toujours le temps de me rendre à Mont-Laurier acheter des bouquins.

On est donc partis après la vaisselle, joyeuse bande, dans nos autos écrasées de soleil et de poussière. J'emmenais Jeanne-Mance et Richard qui, mine de rien, profitaient de cette bonne occasion pour économiser de l'essence, pourquoi gaspiller hein? J'ai ouvert la radio.

À l'arrière, Jeanne-Mance, le visage rafraîchi par le vent, soupirant de bien-être s'est installée confortablement, la tête sur l'épaule de Richard, lui a souri béatement... Bon disons-le, je suis laide, bête et méchante, leur béatitude me déplaisait, alors j'ai, comme on dit, appuyé sur le champignon et dépassé dangereusement en un long clin d'oeil un quatre par quatre gris et noir. Mais ce n'était pas encore assez : à haute vitesse, j'ai pris un virage vraiment trop serré... Dans le rétroviseur j'ai vu leurs visages angoissés, leurs yeux exorbités qui surveillaient la route! La prochaine fois ils prendront leur foutue bagnole! Le petit Richard a crié par-dessus la radio et le sifflement du vent :

— Est-ce qu'on est pressés? Y a-t-il une urgence quelque part?

Je lui ai ri au nez et il a rougi. Qu'ai-je à foutre de ce Richard et de sa nana?

Faut l'avouer, l'eau était bonne. Froide avec le soleil brûlant à la surface. Je faisais la planche sur le dos et me noyais en même temps dans l'immensité du grand ciel bleu. Merveilleux! Sauf qu'à intervalles réguliers, je me redressais brusquement pour vérifier ma position car j'ai une peur bleue des profondeurs sous-marines. Je ne nage pas bien et je me tiens en général dans les cinq pieds et moins... Pitoyable!

Après la baignade, pendant qu'on était tous assis sur nos serviettes à se sécher, Nicole a dit :

— Pauvre Jean-Pierre pogné en ville par cette chaleur d'enfer!

J'ai répondu, désinvolte :

— Bof c'est la vie! Il l'a voulu! Pendant qu'on gelait cet hiver, lui se faisait rôtir sous le Soleil de Mexico.

44

Elle a répondu :

— Quand même, ce n'est pas drôle...

Je n'ai pas encore mentionné que Nicole et Jean-Pierre, quand ils étaient jeunes, ont un moment donné ensemble. En fait, je ne sais pas trop ce qui s'est passé. Je n'ai jamais osé le demander à Jean-Pierre. Il a horreur des questions sur sa vie passée : le passé c'est le passé hein ? Et encore moins le demander à Nicole, c'est Judith qui m'a appris :

— Tu ne savais pas que Nicole et Jean-Pierre...?

Et moi j'avais répondu, le coeur déjà éparpillé en dix battements affolés :

— Il me semble qu'il m'en a déjà parlé... je ne me souviens plus...

Et elle :

— Ça fait longtemps mais s'ils n'avaient pas été si jeunes, je suis certaine que ça aurait marché...

Et maintenant, sur la plage, Nicole me regardait d'un air pensif. Me regardait et remarquait les poils sur mes jambes (encore trop courts pour adhérer à la cire épilatoire), remarquait mes épaules osseuses, le reste de mon corps... C'est vrai que Nicole est très familière avec Jean-Pierre mais je n'en ai jamais pris ombrage... De toute façon il l'a connue avant moi alors... C'est vrai qu'elle est belle et harmonieuse, tant mieux pour elle. Que dire de plus ?

Va au diable, Nicole ! Je me suis levée, arrogante, le ventre bien rentré (en dépit de ma maigreur j'arbore un petit ventre de sucreries), j'ai gonflé mon humble poitrine, et je me suis mise à marcher nonchalamment le long de la plage, les pieds dans l'eau. Cinq six types accoudés contre le comptoir du snack-bar, m'ont sifflée joyeusement : voilà pour toi, Nicole !

Mais tout à coup j'ai pensé que ces cinq six types n'étaient peut-être que les jeunes gars avec qui j'avais fumé la veille. J'ai jeté un regard sournois dans leur direction, et la queue entre les jambes, comme on dit, j'ai regagné ma serviette. Puis, discrètement, j'ai passé ma robe.

— J'en ai assez de ce soleil, je vais m'acheter de quoi lire.

Qu'est-ce qu'ils se sont dit après mon départ, je ne veux pas y penser. Comme je connais Nicole, Judith et Pauline, mon moi profond a dû en prendre plus que sa portion.

À Mont-Laurier, la chaleur était écrasante. Pas le moindre souffle de vent. Les relents frais de ma baignade se sont envolés rapidement. Heureusement la Librairie Morin et Fils Inc. possédait un bon système d'air climatisé. J'y suis restée deux grosses heures, presque sans penser à Jean-Pierre (merci papa de m'avoir acheté à sept ans les contes complets d'Andersen en douze volumes miniatures.). Je suis sortie de là à cinq heures trente, ils m'ont verrouillé la porte dans le dos, une grosse partie de mon budget dans un sac à main bien rempli. Tant pis. J'avais acheté un seul Agatha puis, *LES ENFANTS DE LA VIOLENCE, TA MAISON EST EN FEU, UN INDIEN ET VINGT-SIX CHEVAUX, MÊME LES COWS GIRLS ONT LE VAGUE À L'ÂME, WOMAN IN LOVE* en deux tomes (D.H. tu nous fais suer mais tu connais ça les beaux bas!) et le gros lot *L'HISTOIRE DU MONDE EN SIX TOMES* et en vente.

Après ce moment passé au frais, l'extérieur m'a semblé encore plus torride, ça sentait l'essence surchauffée, le trottoir était sale, il n'était pas question que je reste à flâner ici. Avant de quitter la ville, je me suis arrêtée acheter une crème glacée molle ; mais j'ai eu beau rouler lentement en léchant le cornet et en jouant la touriste pour étirer le temps, je suis arrivée là-bas beaucoup trop rapidement. À la radio, sur tous les réseaux c'était l'heure des informations, et je ne voulais pas entendre un mot sur les conflits, les catastrophes, les misères mondiales, ni entendre aucune déclaration imminente. Comme ça ne me tentait pas non plus de rentrer et qu'il faisait encore chaud, il m'a pris l'envie d'aller me replonger dans les eaux de la plage municipale. Avant de stationner j'ai prudemment examiné les alentours : la petite plage était déserte. Le lac, après les ébats de la journée, reprenait son calme de miroir et déjà de la fraîcheur du soir. J'ai plongé, replongé, fait la planche, coulée entre deux eaux, et même esquissé cinq six brasses au-delà des cinq pieds habituels.

Quand je suis revenue, le soir était à son plus beau et je me suis dit qu'il y avait tout de même une autre journée de passée. Il en restait encore neuf, sans compter les soirs et les nuits interminables, c'était beaucoup... La soirée qui venait je la passerais à lire, l'oreille irrémédiablement tendue vers le téléphone muet, le coeur battant à coups de plus en plus sourds à mesure que la grande aiguille avancerait pour, vers minuit, s'effondrer lamentablement en petits coups rapides : non, maintenant il était trop tard, non il n'appellerait plus.

Avant même d'arriver plus près de la maison, mon oeil toujours sur le qui-vive a tout de suite repéré la grosse bagnole bleue stationnée sur le côté. Ce n'était pas celle de Jean-Pierre, il est le discret proprio d'une Rabbit grise que je reconnaîtrais n'importe où, que je trouve la plus belle la plus racée, qui éclipse la plus rutilante Mercédès Benz, et qui est d'ailleurs la seule auto que j'ai jamais remarquée, dont je connais la marque et à qui j'appartiens, bien plus qu'à mon vieux Dodge ou Plymouth rouge. Je n'ai donc pas, en apercevant le gros tas de ferraille bleue, appuyé le moindrement sur l'accélérateur... même s'il m'est venu l'espoir peu lumineux que peut-être un ami de Jean-Pierre que je ne connaissais pas encore et que... Ben non ben non c'était Pierre ou Marc qui était venu faire un tour avec l'auto de son frère, parce qu'il faisait si beau et que la sienne était au garage. Shit.

Ils étaient d'ailleurs tous assis sur la galerie, le ventre bien rempli, devisant gaiement. Zabeau rayonnait, assis sur les genoux de Pierre ou Marc. On s'est salué et cette vieille maman Pauline m'a demandé si j'avais soupé. Tout aussi gaiement, j'ai répondu que j'allais le faire immédiatement, que je mourais de faim ; et lui déposant le paquet de livres sur les genoux, j'ai claqué la porte à grillage sur ce joyeux groupe. La cuisine en ordre se dorait des derniers rayons de soleil et sentait l'ail. J'ai sorti deux galettes de steak haché gelé, des petits pains, et je me suis fabriqué deux hamburgers que j'ai engouffrés trop vite et que j'ai foulés avec deux beignes au miel arrosés d'un thé faible. Pas tellement gai comme souper... J'ai nettoyé rapidement et je suis sortie fumer ma cigarette avec eux sur la galerie.

Le soir demeurait très doux : un rare beau soir d'été à la campagne où l'on sait qu'on serait bien sur la galerie jusqu'à minuit, peut-être plus. Une belle nuit veloutée qui vous donne des envies dont celle de ne pas rester là à la regarder de loin, mais de s'y engouffrer, de la vivre au bout, de n'en rien perdre, même pas une seconde... Moi je la perdrais complètement! Déjà, à l'instant, j'oubliais toute cette beauté parce que le téléphone sonnait et que l'appel naturellement n'était pas pour moi mais pour Pauline : sa mère.

Je suis donc restée assise sur mon bout d'escalier, et j'ai entrepris de mener la conversation, d'essayer de me faire valoir, racontant en les ornant de détails exagérés les petites aventures de ma grosse vie. Alors qu'au fond je n'avais qu'une envie : partir en courant, me précipiter dans les champs en hurlant ma douleur et mon angoisse, me rouler dans le foin encore tout chaud des derniers rayons du soleil en poussant des plaintes déchirantes, puis me diluer en longs sanglots lugubres jusqu'à ce que la noirceur m'ensevelisse.

Mais je continuais de crâner sur le bout de la marche, allumant cigarette sur cigarette. J'ai même réussi à les faire rire aux éclats, si bien que Pierre ou Marc a levé dans ma direction un sourcil surpris, un tant soit peu admirateur.

Quand les maringouins sont devenus trop insupportables, ils sont rentrés. Moi j'ai attendu encore un peu, je suis restée à scruter la nuit : Jean-Pierre, où que tu sois, m'entends-tu? Puis j'ai filé dans ma chambre, j'avais fait mon effort pour la soirée.

J'ai étalé les volumes sur le lit et j'ai choisi *MÊME LES COWS GIRLS ONT LE VAGUE À L'ÂME* ... mais elles ne l'avaient pas autant que moi.

VI

Encore une fois l'aube est venue trop vite et j'étais là pour l'accueillir : la veille j'avais laissé les rideaux ouverts. En me levant pour les fermer, j'ai vu le grand ciel blême à peine remis des ténèbres de la nuit. Je me suis recouchée sans conviction. Les draps étaient humides, il faisait presque chaud, la journée serait étouffante et je ne me rendormirais pas. Déjà j'entendais les premiers bruits du matin ; les insectes, les oiseaux qui prenaient leur train train, vaquaient bruyamment à leurs petites occupations. C'était exaspérant! Je me suis assise sur mon séant et j'ai laissé la pensée audacieuse qui me torturait depuis la veille, faire rapidement son chemin.

Sous son emprise je me suis levée, tout excitée j'ai ouvert le tiroir de la commode, me suis saisie d'un pantalon léger kaki et d'un t-shirt marine que j'ai enfilés en un clin d'oeil. Subitement le vent virait de bord, la situation devenait intéressante : il était quatre heures du matin, je ne dormais pas, je n'avais rien à faire... Finalement tout n'était pas si compliqué! J'étais libre! Ma vie m'appartenait!

Qu'est-ce donc alors qui m'empêchait à la minute même de partir pour Montréal? Qui pouvait m'en empêcher? Qui? Personne.

Je n'avais qu'à sauter dans mon auto et partir! Partir et arriver là-bas encore tôt, juste avant le lever de Jean-Pierre, me glisser dans le lit tout près de lui et... Je lui raconterais n'importe quoi, que j'avais oublié mon livret de caisse, que je n'avais plus d'argent ou autre chose. Je trouverais bien en roulant.

En trois minutes j'étais prête : le lit fait, les tiroirs de la commode fermés, les livres rangés et peignée, les cheveux tressés Jean-Pierre aime ça.

J'ai survolé l'escalier. La cuisine était humide, collante, pleine de vaisselle sale, de mégots... je n'en avais cure! J'ai écrit rapidement un billet pour Pauline :

«Partie en ville, je reviens demain ou plus tard. Bye, Sylvie»

Quand je suis sortie, le petit matin m'a semblé extraordinairement beau et odorant. J'ai démarré doucement, puis je me suis lancée sur la route déserte. Je me sentais revivre.

Quatre heures vingt-deux minutes : j'arriverais là-bas avant huit heures, je le verrais, le toucherais, me remplirais de lui. L'auto glissait sur l'asphalte humide dans le matin lisse. C'était merveilleux. La couleur des arbres et des champs, la sensation d'être seule à vivre dans un monde encore endormi. Je filais comme l'éclair, mon Dodge ou Plymouth vibrant d'allégresse. L'auto volait plus vite que le temps. J'ai vu le soleil rouge transpercer les brumes blanches de l'horizon. En un éclair joyeux il m'a semblé, j'ai parcouru tous ces milles. J'étais heureuse! Je riais des farces plates du morning man à la radio, je sifflais avec Roger Wittaker :
«Hello les amis happy day!»

À sept heures trente exactement j'atterrissais dans notre petite rue encore endormie. J'ai à peine effleuré les marches du balcon, à peine effleuré les trois étages. Puis, ô délices, j'ai tourné délicatement la clef dans la serrure. Le salon était sombre, ça sentait la fumée. J'ai refermé la porte doucement, et vite j'ai commencé à me dévêtir. Il m'avait pris la drôle d'idée d'aller le rejoindre à poil. Il me semblait que ça lui ferait plaisir, s'il ouvrait les yeux et me voyait sur le seuil de la porte. J'ai semé mes vêtements un à un. La porte de la chambre était entrebâillée, je l'ai poussée doucement. Les rideaux étaient fermés, je me suis avancée, j'ai presque touché le pied du lit. J'entendais sa respiration... Puis j'ai écarquillé les yeux et tout s'est brouillé : tout près de lui, à plat ventre et nue, dormait une fille, une masse de cheveux blonds. Une fille bronzée avec sur sa peau nue des marques de bikini... Moi qui ne me fais jamais bronzer! Et je l'ai vu lui! Il dormait la bouche entrouverte, absent, calme et serein. Je me suis frotté les yeux pour chasser cette illusion d'optique, mais le tableau restait le même. Alors j'ai voulu crier à Jean-Pierre, l'appeler comme la voix de Dieu appela Caïn, ou hurler un long cri d'agonie. Mais j'étais nue, j'avais honte, je me sentais de trop, rejetée, persécutée. Je me suis sauvée comme une ombre, en lambeaux. Je me suis rhabillée en vitesse et refermant la porte silencieusement comme une espèce de criminelle, titubant sous les blessures, je me suis sauvée jusqu'à l'auto. En tâtonnant j'ai cherché les clefs, je ne les trouvais pas et j'ai dû vider mon sac sur le capot. Le soleil devenait bruyant et la ville douloureuse. Stupéfaite, déchirée, claquant des dents, j'ai fui péniblement. L'auto n'avançait pas assez vite et il y avait cette image : Jean-Pierre et la fille à plat ventre, cette image qui s'abattait sur moi dans un mouvement répétitif, qui à chaque fois m'effritait en mille morceaux, m'effritait, revenait, m'effritait...

Je n'étais pas inconsciente ni distraite, plutôt exagérément lucide. Je voyais devant moi une auto bleue, tout à côté une jaune, le type qui se décrottait le nez en conduisant... Je suis allée faire le plein, les odeurs du gaz et de l'asphalte surchauffé m'ont fait mal. Me faisaient mal aussi les vitrines éblouissantes, les bagues de la caissière, son parfum, le soleil aveuglant et l'image qui s'abattait inlassablement. Je me suis retrouvée sur l'autoroute, j'appuyais à fond sur l'accélérateur, je voyais l'aiguille filer à l'autre bout du cadran, mais je ne sentais pas la vitesse. Je fuyais, le soleil brûlait, les sueurs coulaient sur mon visage, je fuyais. La radio jouait, je l'avais ouverte, j'avais cherché un poste convenable. J'entendais la musique mais elle ne m'atteignait pas, coulait autour de moi, hermétique. J'appuyais encore sur l'accélérateur et j'avais toujours cette impression de ne jamais avancer assez vite. Je crispais les doigts sur le volant pour être bien certaine qu'il était toujours là. Puis en combien de temps? Si peu, il m'a semblé, je me suis retrouvée près de la maison, dans la cour silencieuse.

J'ai éteint le moteur, j'ai essuyé les sueurs sur mes joues et avec en arrière-plan, l'image, toujours la même, mes pensées se sont remises à circuler lentement, en sous-titres :

Que faire? Que faire? Où aller? Où? Dites-moi où?

Partir! Fallait partir. Ne voir personne ni Pauline, personne. J'ai refermé la porte de l'auto doucement, à l'intérieur rien ne bougeait. Je suis entrée. Pour eux le temps n'avait pas coulé si vite, ils n'étaient pas encore levés. Pas un chat, même pas Zabeau avec sa toast au beurre de peanut... Zabeau où était-il? Il devait s'être couché tard la veille, à cause de Pierre ou Marc. Mon mot du matin s'étalait inerte sur la table. Je l'ai chiffonné et fait disparaître dans ma poche arrière, puis je suis montée là-haut sur la pointe des pieds. Avec un peu de chance, je n'aurais même pas d'explications à fournir. Rapidement j'ai fait mes bagages : Jeans chandails serviettes brosse à dents bikini sous-vêtements. Dans un coin de la garde-robe, la tente, le sac de couchage, puis les livres... J'ai emballé le tout, et je me suis éclipsée, ni vu ni connu. Une fois dans l'auto, j'ai écrit un autre mot à Pauline, je suis revenue le déposer sur la table :

«Partie en voyage pour un bout de temps.
J'enverrai des cartes postales.
Sylvie. »

Et salut la visite.

Partie en voyage je ne savais même pas encore où. J'avais omis de remonter les vitres et la poussière du chemin chaude collante étouffante, venait se coller partout, sur le pare-brise, sur mes cheveux, sur mes sueurs... et même sur l'image : Jean-Pierre et cette blonde, et la rendait encore plus vraie, plus irrémédiablement vraie. À la radio, au poste local, c'était l'heure des demandes spéciales :

«Bon mariage à ma soeur Noëlla Fleurant qui va épouser en l'église St. Athanase Gilles Paradis, de la part de Gigi. » «Voeux de bonheur à ma mère Mme Alfred Tremblay qui célèbre aujourd'hui son 35ᵉ anniversaire de mariage, de la part de sa fille Mme Philippe Roy »

« Avec Jean-Pierre Ferland et Ginette Reno : « T'es mon amour t'es ma maîtresse. »

Hi hi hi!, non, j'ai pas tourné le bouton.

J'ai traversé le village. À travers la vitre de notre marché favori, j'ai vu notre Tessier bien au frais, j'ai vu aussi les maisons, l'église, Chez Dolorès, mais je ne les reconnaissais pas, comme si je les voyais de trop loin. À la sortie, je me suis arrêtée au garage, pour mettre de l'huile et de l'essence. J'ai ouvert le capot et le garagiste est venu tout souriant, je l'enviais de sourire facilement comme ça. Il a versé l'huile en jasant de la chaleur, a gonflé un peu les pneus. Je lui ai donné un gros pourboire : « Vous boirez deux bonnes bières ben frettes. » Comme j'ouvrais la portière, quelqu'un ou plutôt une main m'a touchée à l'épaule. Avant de me retourner, en une demi-seconde, j'ai tout rêvé, tout organisé : il m'avait entendu refermer la porte de l'appartement, s'était levé, m'avait vue par la fenêtre, avait tout compris. Sans même un regard pour l'af-freuse blonde, avait sauté dans ses jeans, s'était lancé à ma poursuite... Et pour arrêter la maudite souffrance, pour faire cesser l'agonie, j'étais prête à tout oublier, à me jeter dans ses bras en sanglotant.

Mais ce n'était pas lui, ce n'était qu'eux. Ils étaient quatre ou cinq avec leurs visages confiants en sueur et leurs innom-brables bagages : Les p'tits jeunes de l'autre soir sur le perron de l'église, un en tout cas, celui avec des grands yeux noirs.

— Pourrais-tu nous donner un lift, ça fait deux heures qu'on pouce icitte.

— Ben oui, voyons.

Et j'ai été surprise d'entendre ma propre voix, c'était la même qu'avant, ça n'aurait pas dû...

— Vas-tu ben loin?

— Je sais pas trop, mais je peux vous faire faire un bon bout.

Ils ont pris une éternité à s'installer dans l'auto, à caser leurs bagages. Il y a une fille et son chum qui se sont assis à l'avant : une rousse avec de beaux cheveux longs frisés et vaporeux, elle m'a souri. Était-elle là l'autre soir ? Il me semblait que non. Je l'enviais elle aussi, j'enviais tout d'elle, ses beaux cheveux, sa peau transparente, son enfance, son insouciance, sa vie, ses amants, ceux qu'elle avait ou aurait inévitablement.

On est enfin partis. Il faisait chaud et la radio jouait quelque chose de pas gai, l'avant-midi c'est difficile de se faire gâter par les ondes. J'ai dit à Julie la rousse.

— Trouve quelque chose sur le FM.

Elle s'est mise à tripoter les boutons, et les gars lui donnaient des instructions : Essaie ci, essaie ça...

La route était brûlante, le ciel aussi. Dire que j'avais mal c'est peu. J'étais plutôt hors de moi, dans un cul de sac de douleur : ma gorge était gonflée à bloc par une boule immense, douloureuse qui allait en s'agrandissant. Il me fallait de l'air, de la lumière, je les cherchais du fond d'un caveau obscur en roulant en plein vent, aveuglée de soleil. Non Jean Pierre ! Non non non ! Non !

Enfin elle a trouvé de la musique à leur goût, par miracle, du gros rock ben hard, du gros chior sous le soleil brûlant. Elle a remonté le volume, et moi je trouvais que ces rockers ne hurlaient pas assez fort, rien à côté de ce qui aurait pu sortir de ma bouche.

Le temps passait. À un moment donné, la même rousse m'a touché le bras. J'en étais à me laisser avaler par la route, j'en étais à laisser aller l'une après l'autre les autres images : Jean-Pierre et cette fille en train de... Jean-Pierre et cette fille...

— Excusez-moi, c'est icitte qu'on veut descendre...

Elle se penchait vers moi, inquiète.

Je me suis excusée, j'ai souri et me suis rangée sur l'accotement.

Ils ont pris du temps à s'extirper avec leurs bagages. Ils m'ont laissé leur rock hard, je leur ai fait un petit signe de la main et je suis repartie pour je ne savais pas encore où. Je roulais, roulais et me répétais : Où est-ce que j'irais donc ? Faut que j'aille quelque part... Où ? Où ? Pas à Drummondville chez Yvonne et Yvon, ben oui mes chers parents, papa-maman... Pas là. Jamais dans cent ans. Eux qui étaient si contents que je me sois enfin trouvé un chum potable et steady (y vont ben finir par se marier).

— Yvon Yvon je te parle.

— Oui Vovonne.

— Est même pas capable de se garder un chum... J'comprends pas ça. Moi à son âge gnan gnan gnan gnan et ses soeurs...

Naturellement Yvonne jeune fille était très courue ! Elle était d'ailleurs très jolie, et ELLE AVAIT QUELQUE CHOSE EN AVANT : DES SEINS !

Pas à Drummondville. Pas à Québec non plus, pas dans cette ville-là remplie d'amoureux qui passent leur temps à rigoler en escaladant des escaliers. Pas là, je n'étais pas une touriste.

Où Seigneur Dieu ? Où ?

Aller au bout du monde me cacher, cacher ma honte.

Il y avait des larmes qui tombaient sur mes mains, sur le volant. Maintenant je pleurais, pleurais comme une madeleine, comme un grand veau. Je sanglotais incontrôlablement, de vrais gros sanglots fondants à centres mous. La radio s'était mise à craquer mais je ne tournais pas le bouton. Je braillais. J'ai traversé Montréal en larmes, sans trop m'en apercevoir. Puis entre les larmes, les sueurs, le soleil, je me suis aperçue que je me dirigeais droit sur la transcanadienne. En reniflant j'ai replacé le bouton de la radio, et j'ai vu qu'il fallait trouver un poste d'essence au plus vite, l'aiguille était au bas du cadran. De loin j'ai repéré une enseigne Texaco.

— Montes-tu à Québec ?

Sous le choc j'ai agrippé le volant, me suis retournée vivement à m'en donner un torticolis : ce n'était pas Sissy Hankshaw mais un p'tit jeune trop frisé.

J'ai crié :

— Qu'est-ce que tu fais là toi ? Je pensais vous avoir tous débarqués.

Pendant que je lui disais ça, le coeur encore immergé, j'ai pensé qu'il m'avait entendue, vue brailler...

— Je savais pas... Excuse-moi... Je pensais pas...

Il bafouillait, essayait de se justifier. Un petit blond nerveux avec des grands yeux pâles et un anneau doré à l'oreille : une tapette de seize dix-sept ans. En le voyant, une de mes voix avait d'ailleurs eu le temps de me persifler que c'était bien de moi ça, que c'était bien là ma veine habituelle : me retrouver avec une tapette comme passager clandestin.

Je l'ai laissé se dépêtrer dans ses explications confuses sans même prendre la peine de répondre. Sans dire un mot, j'ai arrêté l'auto et je suis descendue pour mettre de l'essence ; lui est resté à l'intérieur, sans bouger. Quand je suis revenue il a répété en toussotant :

— Excuse-moi... Je me demandais... Montes-tu dans le bout de Québec ?

Je ne savais pas et il m'énervait. J'ai répondu en murmurant exprès :

— Humsais pas...

Puis je lui ai demandé méchamment :

— Puis toi ? Où est-ce que je te descends ?

Ça lui a rabaissé le caquet, il a baissé le ton :

— Sais pas trop... Si je pouvais, ferais un bon bout...

Je n'ai pas répondu. J'avais mal partout, à la tête, à l'estomac et à ma maudite boule dans la gorge, et je me foutais de lui, je l'oubliais. Dieu qu'il faisait chaud et que les autos rutilaient, émettaient de longs rayons qui faisaient mal aux yeux. Jean-Pierre, pourquoi?

Les réponses étaient faciles, je les connaissais pour me les être déjà servies : parce que je ne suis pas assez belle, ni assez tout ce qu'il voudrait, que je ne vaux pas la peine de, que je ne mérite pas etc., etc.

La transcanadienne était longue, plate comme le Sahara, sans arbres, sans la moindre plage d'ombre. L'autre en arrière revenait à la charge, essayait de me faire la causette.

— Fait chaud hein?... Il doit faire au moins 34°...

Je ne répondais pas, je roulais. Il voulait faire un bout! Il allait en faire un. D'ailleurs des bouts, j'en perdais. Je m'absorbais dans mon labyrinthe intérieur, j'y circulais affolée pendant qu'une infime partie de moi restait au volant à conduire. Par moments, tressaillant, je revenais à la réalité et je m'apercevais que j'avais dépassé Drummondville. Adieu papa maman sans même m'en apercevoir. J'essayais de me concentrer sur la ligne jaune, sur la tente-roulotte que je voulais dépasser, mais en un rien de temps je replongeais dans mes dédales. Je ne verrais pas non plus Villeroy ni Val Alain...

— Penses-tu arrêter à un moment.

— — — — —

— Penses-tu arrêter à un moment?

— — — — —

— ...à un moment?

— Quoi?

— Penses-tu...

J'ai haussé les épaules.

Il m'a offert une cigarette que j'ai refusée, ça faisait au moins cent que je fumais depuis le matin. Il a insisté.

— Envoye donc, elles sont plus douces celles-là, au menthol ça va te changer...

Il avait un ton compatissant, suppliant. Je l'ai prise, il me l'avait allumée toute prête.

— Montes-tu en Gaspésie?

J'avais dépassé Québec depuis un bon moment. Le fleuve commençait à se montrer par bribes, tout gris, si lourd, alors qu'on l'aurait pensé bleu et brillant et il me faisait mal lui aussi. Oublier, oublier, plonger la tête la première dans le grand fleuve avec cet innocent à l'arrière. Mais j'étais trop minable pour ça. Ben non, je ne voulais pas mourir dans ces eaux-là, je ne voulais que boire à Jean-Pierre... Jean-Pierre! Jean-Pierre!

Je voulais juste sauter une journée, une matinée... Tout oublier, perdre la mémoire de cette seule journée, tout reprendre comme avant : me retrouver à St. Alexis à tourner en rond autour de l'église, à passer et repasser devant «Chez Dolorès», devant mon Tessier marché, à m'ennuyer, à attendre que la fin de semaine arrive.

J'avais de plus en plus mal à la tête, à l'estomac, ma respiration devenait douloureuse. Qu'est-ce que j'attendais pour le voltiger, le grand saut dans le fleuve ou encore le carambolage sur l'asphalte bouillant, ou encore l'emboutissement fatal sur un pilier blêmâtre assoiffé de sang et de ferraille. C'était facile, on n'avait qu'à se laisser aller à une impulsion toute simple, plus simple que l'on se l'imagine. Mais foutaise que tout cela! Je l'ai déjà dit : je n'avais pas tellement envie de mourir, ce que je voulais, on le sait tous!

D'ailleurs là-haut, le ciel commençait à se couvrir. On pouvait enfin déplisser les paupières. À l'arrière, il se taisait depuis longtemps, j'ai déplacé le miroir et vu qu'il dormait, comme un bienheureux avec ses grands cils et son anneau d'or. Il dormait inconscient innocent, le visage lisse, le maudit chanceux, le veinard! Je l'enviais, j'enviais l'humanité entière! J'aurais à l'instant même, le coeur reconnaissant, endossé cette pauvre peau de tapette...

J'en avais assez. J'ai regardé ma montre pour la première fois : cinq heures trente! Je n'en pouvais plus, assez du volant, assez de la pédale à gaz toujours au fond, assez. J'ai pris une sortie, en un rien de temps j'ai atteint un petit village et me suis rangée dans le mini-stationnement d'un snack-bar. Alors j'ai éteint le moteur.

Ouf! silence. Terminus. Ouf!

Je suis restée un bout de temps sans bouger, inerte, à me replacer, à faire taire le bourdonnement dans mes oreilles, à me frotter le visage, les yeux. Puis j'ai ouvert la portière. Mon Dieu du ciel que le monde était calme et tranquille. Maintenant le ciel était tout blanc, plus la moindre trace de soleil, pas le moindre souffle de vent non plus. Le temps s'était mis à l'arrêt, en période neutre : ni vent ni pluie ni soleil, ni trop chaud ni trop froid, à peine un peu lourd. Un temps mort d'été avant une pluie pour le lendemain. Je me suis extirpée de l'auto, les reins m'en ont craqué. Je suis restée longtemps à m'étirer, frotter mes membres endoloris, à respirer et à me dire que ce village avait beau être beau et tranquille que ça ne changeait rien à rien : c'était vrai irrémédiablement vrai! J'avais vu Jean-Pierre avec une fille dans notre lit, il avait fait l'amour avec elle fait l'amour avec elle, m'oubliant complètement, me reléguant Dieu sait où, me niant, niant tout de nous.

Et il n'était pas là, il ne le serait plus jamais pour goûter l'odeur et le silence de ce petit village à l'heure du souper, entendre presque le bruit des ustensiles sur la table dans les assiettes...

Le snack-bar était ouvert mais il n'y avait personne pour servir au comptoir, la patronne devait être en train de souper elle aussi. La chenille à poil en arrière s'est réveillée, je l'entendais qui bâillait bruyamment puis il est sorti de l'auto en s'ébrouant :

— Où est-ce qu'on est rendu là?

Je n'ai pas daigné répondre, il a consulté le panneau indicateur.

— Hum c'est l'fun ça! Presque à Rivière du Loup, on a fait un maudit bon bout. Mon doux Sylvie tu dois être crevée.

Et il m'appelait par mon nom en plus!

Il se promenait, regardait partout. Comment pouvait-il se sentir si à l'aise.

— Je meurs de faim!

Il examinait l'intérieur du snack-bar, cherchait la patronne. Il m'étonnait et m'agaçait en même temps... Je ne m'étais pas trompée, c'était bien une patronne et elle accourait, essouflée.

— Je vous avais pas vus.

Une grande femme pas trop de bonne humeur.

— Sylvie, veux-tu quelque chose?

Je n'avais rien mangé depuis la veille, j'avais mal au coeur et les genoux me tremblaient. Il fallait que je prenne quelque chose.

— Commande, je vais y penser.

Il a défilé son menu comme une litanie :

— Deux hamburgers all dressed une grosse frite deux pepsis deux tartes au sucre.

Elle s'est tournée vers moi, je me suis rapprochée.

— Vous feriez pas des milk shakes?

— Oui madame.

Madame? Beurk elle exagérait.

— Bon j'en prendrais un à la vanille.

— Ça sera pas long.

Il y avait une table à pique-nique avec quelques mouches dessus. Je me suis assise, le jeune était parti aux toilettes en face, quelque part derrière le garage. Il est venu me rejoindre.

— T'as l'air pas mal fatiguée...

Il avait un ton prévenant désolé. J'ai levé les yeux, il m'examinait d'un air inquiet; son ton, son air m'ont touchée, presque fait couler les larmes, moi qui avais été tellement malmenée le matin même! Mais j'ai vite ravalé ça et essayé plutôt de sauver la face.

— Oh, conduire en plein soleil comme ça...

— Oui oui c'est vrai, ça doit être fatiguant. Penses-tu camper à Rivière-du-Loup?

— ...Sais pas trop trop.

Je n'avais pas envie de parler, il m'a offert encore une de ses horribles menthols.

— Non merci, non non.

Le coeur voulait me plonger dans des eaux tumultueuses, j'avais l'intérieur de la bouche brûlé par les maudites cigarettes. La patronne a posé bruyamment le verre de milk shake sur le bord du comptoir. Il s'est précipité, me l'a apporté. Presque au bord de l'évanouissement j'ai aspiré doucement... Ah le réconfort, la douceur, le velouté du lait frais dans mon estomac torturé; un baume sur ma plaie, sur ma misère, à m'en donner le goût de me remettre à pleurer. La patronne a apporté le restant de la commande:

— $8.23.

Le jeune s'est levé, je l'ai appelé.

— Attends une minute... Attends... C'est quoi ton nom déjà?

— Tony voyons, tu ne t'en souviens pas?

Je ne me souvenais même pas de l'avoir déjà vu. J'ai fouillé dans ma sacoche, lui ai tendu un billet.

— Tiens Tony, paye mon milk shake.

— Non non, laisse faire.

Je me suis levée.

— Tiens, paye! Commence pas ces niaiseries-là!

Il a pris l'argent. Peu après il est revenu avec son stock, s'est mis à bouffer avec ardeur. Moi j'aspirais le lait froid super vanillé, mon estomac, mes boyaux satisfaits se dilataient bruyamment.

— Tu manges pas beaucoup... Un milk shake ça vaut pas grand-chose. Tu vas tomber malade... Veux-tu des frites?

J'ai aspiré la dernière goutte de lait.

— Foute-moi la paix avec tes frites, je vais manger plus tard.

Je ne suis pas non plus de celles qui se laissent mourir de faim. Je mangerais pour me faire des forces, pour pouvoir souffrir encore plus et supporter la souffrance.

— Il y a une toilette au garage, l'autre côté de la rue...

Je ne lui avais rien demandé mais j'y suis allée. La toilette était infecte et en me regardant dans le miroir dégueulasse plein de taches que je n'avais pas le goût d'identifier, j'ai vu que j'étais horrible, j'avais les yeux rouges dangereusement cernés, la face verte. Je me suis passé de l'eau froide mais ça n'a pas changé grand-chose. Aussi bien que Jean-Pierre ne me voie pas avec cette tête-là.

Bon d'accord, je coucherais à Rivière-du-Loup. J'avais touché le fond du plat, je claquais des dents je tremblais. Je coucherais à Rivière-du-Loup, sur le camping sablonneux et frette quand on a oublié d'apporter une couverture de laine pour étendre en dessous du sleeping.

Le jeune mangeait encore. Il s'était commandé un sundae recouvert de chocolat, de noix et de cerises. Ça avait l'air bon, mais je n'avais pas vraiment faim, trop mal à l'estomac. Peut-être qu'une petite soupe nouilles et poulet... Malheureusement la patronne ne faisait pas de soupe et comme elle semblait attendre que je commande autre chose... J'ai repris un milk shake. Tant qu'à l'avoir dérangée...

Je mangerais à Rivière-du-Loup.

Le jeune s'étirait avec satisfaction.

— Ouf ça fait du bien! T'as l'air d'aimer ça les milk shakes. C'est drôle, tu ne me croiras pas, mais j'en ai jamais bu. Jamais goûté à ça, même pas quand j'étais p'tit. Sais pas, ça ne me tentait pas... C'est vrai que Dolorès n'est pas trop forte là-dessus, elle n'a même pas des beaux grands verres comme ça...

Quel emmerdeur! Je lui ai poussé le verre à moitié plein.

— Finis-le, j'ai pu soif.

— Voyons je disais pas ça pour ça, voyons...

— Non non j'ai pu soif, prends-le.

— Certain?

— Puisque je le dis.

Il a fini le verre, s'est léché les babines.

— C'est pas pire pantoutte.

— Bon, on va y aller.

Je me suis levée, il a suivi. Rendu à l'auto, il a hésité une seconde puis s'est assis à l'avant. Je n'ai rien dit. J'avais à peine démarré qu'il s'est mis à tripoter les boutons de la radio.

— Pour moi on pognera pas grand-chose dans ce bout-ci.

J'ai traversé Rivière-du-Loup, je savais où se trouvait le camping. Aussi bien monter la tente tout de suite et me débarrasser de ce tannant-là. Je suis descendue sur le camping pour trouver un terrain. Il y avait foule et j'ai stoppé au premier espace libre que j'ai aperçu, il semblait y avoir un terrain pas si mal tout près. En ouvrant la portière, j'ai alors eu la désagréable surprise d'entendre une voix connue, elle venait de l'avant: Jacqueline Vallée! Je l'ai tout de suite identifiée, une des secrétaires du département. C'était bien ma chance! Je la voyais, elle était en train de chercher du stock dans le coffre arrière, deux autos plus loin, perdait patience et de sa grande voix de pie demandait des indications à son mari, à ses enfants.

— Dans quelle valise, minet, ton chandail beige? Moi je l'avais mis dans la brune, y est pu là...

— Tit Paul pleure pas, maman va te l'apporter ton chandail, t'auras pu frette...

Il ne fallait pas qu'elle me voie, fallait absolument que je file d'ici. Il était hors de question qu'elle m'aperçoive et vienne jaser :

— C'est Sylvie! Minet, c'est Sylvie! Allo allo! Qu'est-ce que tu fais ici! Mon Dieu que t'as l'air fatigué... Où est Jean-Pierre?

Je leur en avais parlé, leur en avais rebattu les oreilles de mon Jean-Pierre, mon chum, mon ami, le gars avec qui je vis, mon homme qu'elle mourait d'envie de voir...

Plutôt mourir que d'affronter Jacqueline Vallée! Fallait que je file d'ici et vite... et sans me faire remarquer! J'ai essayé de démarrer subrepticement, pour cette fois par miracle merci, le moteur n'a pas fait une seule manière; j'ai amorcé un demi tour prudent... Adieu Jacqueline Vallée! Quand il a bien vu que je quittais le camping, le jeune n'y comprenait plus rien :

— Mais Sylvie! Qu'est-ce que tu fais là? Mais Sylvie...

— Attends, tais-toi, attends.

J'ai gagné une petite rue à l'abri des regards, me suis rangée dans le stationnement d'une épicerie fermée.

— Tiens, tu peux descendre ici, je campe pu à Rivière-du-Loup. Il faut que je parte. Ça va te faire juste un petit bout pour te rendre au camping à pied.

— Mais voyons, voyons donc.

Il restait là à bafouiller.

— Qu'est-ce qui se passe?

Il n'avait pas l'air de vouloir s'en aller, j'ai répété :

— Descends ici. Je ne campe pas à Rivière-du-Loup, je ne monte pas non plus en Gaspésie, c'est simple, j'ai changé d'idée.

Il ne bougeait pas, me tenait tête.

— Mais Sylvie, va ben falloir que tu campes quelque part...

— Ben oui ben oui, mais fous-moi la paix fous-moi la paix. Salut, à la prochaine.

Il ne bougeait pas. Alors subitement j'ai compris.

— Écoute tu peux partir en paix, j'ai pu un brin de pot, on a tout fumé l'autre soir. J'en ai pas.

— Voyons Sylvie voyons, du pot j'en fume presque pas, j'aime pas tellement ça, je suis trop nerveux... Écoute Sylvie, la Gaspésie j'y tiens pas tellement... j'ai pas d'endroit spécial... je peux aller n'importe où...

Il me disait ça d'un ton conciliant mais avec un rien de détresse qui perçait derrière. Le mal de tête me reprenait, les pensées réussissaient mal à se frayer un passage à travers les lambeaux d'images qui y avaient tournoyé toute la journée. J'étais à bout, il fallait absolument trouver un endroit pour me tapir et lécher mes blessures en paix. Ce jeune-là ne voulait pas me lâcher, c'était bien visible et même si je le trouvais minable avec ses grands yeux et sa voix bizarre, que je le méprisais pas mal, j'ai cessé d'insister pour qu'il parte. Ça ne m'était jamais arrivé de voyager seule comme ça, sans objectif défini, de me retrouver seule sur un terrain de camping, seule n'importe où, seule le soir, la nuit, à la merci de n'importe quel maniaque, n'importe quel violeur. Finalement toute tapette qu'il en ait l'air, j'aimais autant qu'il reste. Je lui ai demandé :

— Es-tu capable de changer un flat ?

Il a répondu vivement :

— Oui oui ça devrait.

Ça ça voulait dire qu'il n'en avait jamais changé un seul, mais je n'ai pas relevé. Je lui ai plutôt demandé s'il avait une carte géographique. En un clin d'oeil il m'en a tendu une toute neuve craquante.

— Je l'avais achetée au garage avant de partir.

Même si je n'étais pas habituée de chercher sur les cartes, j'ai repéré assez vite Rivière-du-Loup et ses alentours. Je n'avais maintenant qu'à chercher un petit coin tranquille loin du grand circuit habituel. En voyant le nom, j'ai tout de suite su que Cabano ferait l'affaire. Je ne savais plus qui m'avait parlé du camping de Cabano, pas tellement fréquenté sur semaine mais assez agréable. Cependant il fallait se grouiller si on voulait camper avant la noirceur. J'avais de plus en plus mal à la tête et il fallait traverser Rivière-du-Loup une autre fois.

Jamais route ne m'a paru plus longue, plus monotone, plus interminable. J'essayais de m'illusionner, de me consoler en me faisant croire qu'une fois arrivée, installée, campée la tête sur le sleeping, la douleur serait moins cuisante, le désespoir moins irrémédiable. Que là-bas, il se produirait un genre de miracle qui jetterait un peu de baume sur mes plaies. Le jeune sans répit tournait les boutons de la radio : il y avait des nouvelles sportives, des nouvelles tout court, de la publicité, de l'opéra... Je luttais contre la panique, contre une énorme horrible vague de panique qui voulait me jeter en bas de l'auto en marche, me briser en mille morceaux sur la route tiède, sans pitié ; ou qui voulait que j'appuie sur l'accélérateur jusqu'à ce que l'auto se précipite dans le bois et aille s'écraser contre les grands arbres durs. Pour me ressaisir je me racontais intensément que j'étais à bout, qu'il fallait que je dorme et qu'une fois reposée je souffrirais moins, que je me retrouverais comme avant, légère et branlante.

Quelle tristesse que cette route avec les épinettes noires! Les épinettes qui s'assombrissaient, se figeaient dans le soir mais aussi que j'enviais parce qu'elles n'avaient que la nuit à porter et pas toutes ces maudites images.

On est tout de même enfin arrivés là-bas, on a trouvé le camping. J'ai choisi le terrain le plus éloigné, le plus caché. Il n'y avait pas foule, seulement quelques tentes roulottes disséminées entre les arbres. Tant mieux. Une fois sur place j'ai commencé immédiatement à m'installer, déjà je déroulais la tente entre les deux sapins au fond. Le jeune avait l'air d'avoir perdu son enthousiasme, il marchait lentement autour de l'emplacement, vérifiait le terrain d'un pied las et désabusé. Il devait regretter d'être venu, tant pis pour lui. Je me débattais avec les piquets de la tente, il commençait à faire sombre et je n'avais pas apporté de marteau. Quand il m'a entendue sacrer il m'en a tendu un tout petit, tout neuf avec un manche rouge et a commencé à s'occuper de ses affaires. En un clin d'oeil il a planté sa petite tente de nylon orange à $23.97, a étendu son sleeping, rangé son sac à l'intérieur, puis s'est assis à ne rien faire. Comme je me battais avec le cache-soleil, il s'est levé pour venir m'aider.

— T'as une belle tente.

La tête me cognait.

— Bof.

J'avais acheté cette tente quand Pauline et Robert avaient commencé à vivre ensemble pour de bon. Dans un grand geste magnanime, je leur avais offert la tente presque neuve qu'on avait achetée moitié moitié, Pauline et moi, avant de partir pour Vancouver l'année précédente :

— Ben non Pauline, gardez-là, elle est trop lourde pour moi. Non puisque je te le dis, non je veux pas d'argent, non non. Bon salut, je veux pu rien savoir de cette grosse tente-là.

Évidemment j'en avais acheté une autre l'année suivante, que j'avais utilisée à Cape Cod. À l'automne, j'avais connu Jean-Pierre... J'avais apporté la tente à la campagne parce que j'espérais qu'une petite fin de semaine, on partirait seuls quelque part, Jean-Pierre et moi.

La nuit était complètement tombée sur Cabano. Le jeune allumait un petit feu. Je me suis abattue sur mon sac de couchage. Je n'irais pas manger, il fallait que je dorme au plus vite pour tout oublier, sinon la tête m'éclaterait en mille miettes. Les doigts serrés contre les tempes, je me répétais :

«Il faut que je dorme, il faut que je dorme, Seigneur! Seigneur! Endors-moi, je vais péter! Vite tout oublier oublier, dormir dormir... »

Et le ciel a eu pitié de moi. Je me suis endormie lourdement, profondément et j'ai rêvé d'une petite rue étroite tellement longue, aux mille portes toutes fermées.

C'est l'envie de pisser qui m'a réveillée et avant même que j'aie eu le temps d'ouvrir les yeux, juste en reprenant conscience, la lourde fatalité m'a écrasée : en une seconde j'ai tout réalisé, tout revu, tout souffert. Avec mon désespoir sur le dos, je suis sortie. Le petit matin était silencieux, gris, calme et humide, il tombait de fines gouttelettes de pluie. Je me suis accroupie dans l'herbe humide derrière la tente. Quelle tristesse que ce petit matin blanc.

Je suis rentrée en frissonnant, je n'étais pas assez naïve pour croire que je me rendormirais. Non, j'agoniserais une autre fois, je revivrais l'événement, je reverrais tout dans les moindres détails, je contemplerais ce nouveau Jean-Pierre tellement lointain, tellement insensible.

VII

Il me semble bien que j'ai passé une partie de ma jeunesse à attendre L'AMOUR. Grandir étudier travailler manger jouer vivre ne demeuraient que des activités secondaires : de toute façon L'AMOUR viendrait et ma vie s'organiserait en conséquence et pour de bon. Souvent, cette attente me mettait mal à l'aise, j'en avais honte, et de vivre comme ça, en espérant, me donnait l'impression de perdre quelque chose. Mais il n'y avait pas moyen d'y échapper car plus les jours passaient plus l'attente se révélait pressante, intenable. Enfin ça avait l'air d'être comme ça pour tout le monde.

Vovonne elle-même y attachait une grande importance, beaucoup plus marquée que celle accordée à mes performances artistiques ou scolaires. Souvent plus angoissée qu'elle ne voulait le laisser paraître, elle me répétait :

— Voyons Sylvie qu'est-ce que tu attends pour te faire un ami ? Tu commences à vieillir, il serait temps que...

Je lui pouffais au nez, mais en dedans de moi je pleurais des larmes de sang.

L'AMOUR n'était pas pressé de venir vers moi... les gars non plus. Là-dessus il faut dire que je ne les encourageais pas tellement, me tenant solitaire, plus ou moins disponible, plutôt fine, prête pour mon beau prince !

Et les jours passaient.

Quand j'ai commencé à connaître les désirs bien normaux biologiques hein? de la jeune fille en bonne santé, je les ai héroïquement repoussés vers quelque recoin obscur, les entreposant si on peut dire pour le grand moment.

...qui tardait à venir...

Enfin, à 22 ans, toujours seule déçue honteuse découragée ayant abandonné tout espoir, certaine qu'Aphrodite m'avait oubliée, je m'étais tristement décidée à prendre et à me laisser prendre par le premier venu ou à peu près... Premier venu qui, vu de loin, n'était pas si mal, timide, doux et amoureux et qui justement à cause de ça me laissait torturée de remords. Parce que je ne l'aimais pas vraiment (comment? À en avoir mal? À en mourir? À marcher sur un nuage?). J'avais l'impression de l'utiliser pour assouvir mes bas instincts. Je n'ai pu tenir longtemps, je me suis dépêchée de le quitter et de me retrouver seule à ronger mon frein en faisant semblant de ne pas voir passer les beaux gars, en faisant semblant de ne plus rien attendre, de ne plus rien espérer.

J'ai aperçu Jean-Pierre la première fois dans une assemblée organisée par un comité de protection de l'environnement, pour sauver de la «chain saw» des méchants bûcherons trente beaux grands arbres échevelés en été. Là c'était l'automne, presque l'hiver, mais peu importe, les arbres avec leurs grandes branches nues et désespérées étaient encore beaux, cent millions de fois plus beaux que ne sauraient l'être les dix gros immeubles de béton cache-ciel avec leur maudit solarium hypocrite sur le toit, qui voulaient les remplacer.

Toujours est-il que Jean-Pierre est venu à cette assemblée à titre de journaliste, c'est son métier. Il est entré prestigieux, suivi du photographe, c'était un beau gars : brun foncé et barbu, désinvolte dans ses jeans de velours beige et ses bottes de cuir. Je ne lui ai même pas accordé un coup d'oeil supplémentaire, il avait l'air trop bien, trop de bonne humeur, ça m'énervait.

70

Passons vite sur le déroulement de l'assemblée et de ses suites : en gros, on s'est donné du trouble, on a fait signer des pétitions, on a marché bruyamment, brandi des étendards... mais ils ont coupé les arbres quand même, les cochons! Les traîtres! Un matin à cinq heures, pendant qu'on dormait, et on est arrivé trop tard. Ils étaient en train de débiter les grands cadavres gris et la sciure volait dans le vent de novembre.

Maudit! Maudit! Pauvres de nous, pauvres humains!

Mais oublions ça, revenons à nos moutons, à notre beau bélier!

J'étais assise sagement à cette assemblée entre Pauline et Nicole, ce n'est pas vraiment dans le style de Nicole ce genre d'action mais elle avait un oeil vert sur le président du comité... À un moment elle a bondi, s'est mise à faire de grands signes. Elle venait d'apercevoir Jean-Pierre, ce vieux copain de Cegep perdu de vue depuis si longtemps. À la sortie il nous attendait avec le photographe. Nicole était folle de joie, elle a oublié de nous présenter mais le photographe nous a invitées à venir prendre un verre de l'autre côté de la rue.

On s'est installés dans cette brasserie à la première table venue. Nicole et Jean-Pierre ressassaient leurs vieilles histoires, leurs vieilles connaissances. Moi je le regardais subrepticement et je commençais à le trouver beau, son aura m'enveloppait, s'enroulait autour de moi etc.

Finalement Nicole nous a présentées. Même si je savais que ça ne servirait à rien, je me sentais l'envie d'impressionner un peu ce type-là, mais je ne trouvais rien de très brillant à dire.

Nicole nous expédiait :

— Des amies : Pauline...

Pauline a souri gentiment, ils se sont serré la main.

— Sylvie.

L'inspiration ne venait pas, mes méninges s'agitaient frénétiquement. Rien ne sortait. Tant pis, j'ai abandonné. Je n'ai absolument rien dit, rien fait qu'un petit signe de tête indifférent : adieu... et l'oeil éteint, j'ai pris une gorgée de bière.

J'en avais marre, en reposant le verre je n'ai pu m'empêcher de frissonner : Pouah ! J'ai horreur de l'alcool, de la bière et de tout le reste. Alors Jean-Pierre a dit :

— Tu n'as pas tellement l'air d'aimer ça.

J'ai répondu :

— Non, pas vraiment.

— Pourquoi tu bois ?

Il m'énervait et je lui ai demandé, un peu agressive :

— Est-ce qu'ils ont du cream soda ou de l'orangeade ?

Il s'est mis à rire.

— Non je ne pense pas.

— Bon, j'ai pas le choix !

Et alors j'ai pris le verre et j'ai tout bu en une seule gorgée ! Beurk ! Quelle horreur ! C'était de la frime, un coup d'éclat cheap comme dans les films américains de troisième ordre. Mais l'instinct m'avait guidée, j'ai réussi à le surprendre et à l'impressionner un peu. Il a délaissé Nicole pour s'occuper de moi et je me sentais mal à l'aise, je ne savais plus quoi faire. Maintenant que j'avais allumé sa curiosité, je voyais bien qu'il attendait que je lui sorte quelque chose d'autre de ma boîte à surprise, un autre scoop. C'était terrible ! En plus mon estomac protestait violemment contre la douche de bière. Il m'offrait une cigarette et je le trouvais beau, immensément beau, le beau des beaux. À cause de la bière peut-être, j'avais l'impression d'être assise beaucoup trop loin, je ne le voyais pas à mon goût, je ne pouvais pas l'examiner, toucher ses mains, son visage... Je me suis mise à trop parler, à dire n'importe quoi. Pauline faisait semblant de rien mais n'en pensait pas moins. Nicole rigolait un peu, me méprisait : Pour qui je me prenais ?

Finalement, il fallait partir, ils étaient pressés... le travail. Nicole lui a donné son adresse, son numéro de téléphone. Pas moi, de quel droit ? Personne ne m'avait rien demandé, c'était la fin. Adieu une autre fois. On est sortis tous ensemble et je l'ai vu disparaître dans sa Rabbit grise.

Il est inutile de mentionner que je suis accourue ventre à terre, le coeur gonflé d'espoir, à toutes les assemblées du comité de l'environnement, mais il n'est pas revenu. Un soir, pendant une réunion tumultueuse, le souffle court, j'ai repéré le photographe mais il ne suivait qu'un blond moyen à lunettes. Tant pis pour moi.

Cependant ma marraine la bonne fée veillait. Il est revenu le soir de la manifestation. Cette fois-là j'ai manqué le tram, c'est lui qui m'a aperçue alors qu'aux premiers rangs j'avançais vaillamment dans le vent glacé, brandissant et retenant en même temps ma pancarte. Cette pancarte était superbe, un élève de Robert l'avait conçue, le photographe l'a d'ailleurs fixée sur sa pellicule et on l'a vue le lendemain dans le journal. Subitement j'ai réalisé que Jean-Pierre marchait près de moi, d'un oeil de connaisseur il évaluait la situation. Puis il a disparu et je me suis demandé si je n'avais pas rêvé. À la fin, quand on commençait à se disperser, il a surgi et m'a invitée à prendre un café quelque part pour nous réchauffer. J'ai accepté sauf que j'ai pris un chocolat chaud.

On est allés dans un restaurant tout en longueur meublé de tabourets de plastique orange. Je ne savais pas trop quoi dire, j'avais juste le goût de lui sourire mais un instinct secret m'avertissait qu'un grand sourire gentil et naïf lui déplairait. Je le regardais donc hypocritement, me tenant sur mes gardes, une petite grimace sceptique au coin des lèvres. J'étais gelée et je devais me retenir pour ne pas claquer des dents... et je parlais parlais.

Il m'écoutait en se réchauffant les mains sur sa tasse. Je lui disais que tout compte fait, j'aimais bien le mois de novembre avec ses pluies, ses ciels gris et lugubres et le hurlement du vent dans les branches dénudées et qu'un jour je m'en irais vivre dans la vaste campagne. Banal. Mais je ne lui disais pas que lui-même, le beau ténébreux, je l'avais déjà emmené et enfoui avec moi, dans une maisonnette cachée derrière deux grands pins, au fond de la plus perdue des campagnes.

Il a bu la dernière goutte de son café, fallait qu'il parte. J'ai marché un bout avec lui, traînant ma pancarte. Il a dit :

— T'es gelée...

Et tout en marchant, m'a entourée de son grand bras, m'a serrée contre lui pour me réchauffer. J'en ai presque éclaté en sanglots de joie, de surprise et d'incrédulité. Mais la maudite Rabbit était tout près, il m'a abandonnée, m'a souri et s'est embarqué. Je suis restée plantée là, espérant qu'il baisse sa vitre et me dise quelque chose mais il a démarré bêtement. Alors j'ai tourné les talons et je me suis enfuie, me retrouvant sans trop comprendre pourquoi honteuse, blessée, ayant pitié de moi et me maudissant en même temps.

Deux semaines plus tard, ils ont coupé les arbres mais quand je suis accourue dans le petit matin frette, Jean-Pierre n'était pas là. Il y avait plein de journalistes et de caméras, mais lui n'était pas là et les grands arbres gisaient tout autour avec leur grande coupure blême. Quelle horreur !

Je quitterais cette ville un jour, c'était certain.

...Et un beau soir, Nicole a téléphoné, moqueuse.

— Jean-Pierre m'a demandé ton numéro de téléphone.

Saisie, je ne trouvais rien à répondre, j'ai murmuré :

— et ben...

Elle a ajouté :

— Ça ne te dérange pas toujours, je lui ai donné.

— Non non non non.

— Bon, je voulais juste te le dire.

À partir de ce moment là, je suis restée sur le qui-vive dans l'attente de son coup de téléphone. Après le travail, j'accourais à la maison et je m'activais frénétiquement, l'oreille irrémédiablement tendue vers le maudit téléphone. Il n'a pas téléphoné.

Mais un jour, par hasard, c'était incroyable mais pas tant que ça quand on pense à tous les exercices de concentration et de télépathie auxquels je m'étais livrée pour que ça se produise, je l'ai croisé dans un restaurant pendant mon heure de dîner... merci merci mon Dieu, je vous remettrai ça un jour! Il n'était pas seul, il était avec trois types et deux filles. Il a fini par m'apercevoir, je l'ai salué sobrement, le coeur fou, brûlant, puis, il le fallait bien, je suis partie m'asseoir à une petite table au fond, seule. Tout en simulant une lecture intensive du *Devoir* et en essayant d'avaler la soupe chaude qui me tournoyait dans la gorge, je laissais un oeil sournois sinuer jusqu'à leur joyeuse tablée.

Enfin, au dessert, poussé par les ondes péremptoires que je me tuais à lui envoyer, il est venu me dire un mot. Je buvais mon lait à petites gorgées. Il ne m'a pas offert de cigarette, il s'est assis sur le coin de la chaise, surveillant son groupe et m'a entretenu banalement.

— Tu travailles dans le coin?

— Tu viens souvent ici?

Je répondais trop chaleureusement, maudissant ma faiblesse. Un rayon de soleil tiède qui avait réussi à entrer dans ce restaurant sombre, se glissait jusqu'à nous et verdissait ses yeux exprès pour moi. Il parlait, plissait les paupières en fumant et autour de nous le restaurant en entier, les voix croulaient, disparaissaient, s'envolaient dans la nuit des temps. La fumée de sa cigarette montait le long du rayon de soleil et je chavirais, je me déployais en une mer immense lourde et lumineuse, une mer brûlante, la mer de l'amour, la mer du grand vrai désir... Que nous deux nous deux.

On est venu le toucher à l'épaule, il s'est levé. Il me téléphonerait ce soir.

Moi aussi il fallait que je me lève, que j'éteigne tous ces feux incandescents qui voulaient m'embraser et que je passe à la caisse et au travail comme si de rien n'était.

Il a téléphoné à neuf heures. J'attendais depuis cinq heures. Il quittait son travail vers onze heures trente, est-ce que ça n'était pas trop tard?

«Non non nonnon.

«Est-ce que ça me tentait d'aller prendre un verre quelque part?

«Humhum.

«Ou encore pouvait-il passer chez moi et on déciderait?

«Oui oui oui oui.»

Je lui ai donné l'adresse et j'ai reposé le récepteur, ravie effrayée bouleversée incrédule : Viendrait-il pour de vrai?

En tout cas, je n'avais pas de temps à perdre. D'abord c'était urgent, fallait m'épiler les jambes, je ne pouvais pas prendre de chance. Je n'étais certaine de rien et je n'osais pas y penser, mais il pouvait tout de même se produire quelque chose et il était hors de question que Jean-Pierre jette le moindre coup d'oeil sur mes maudits grands poils que j'épile seulement l'été, me contentant les trois autres saisons de les camoufler avec des jeans ou des bas épais. J'ai fait fondre la cire à épiler, ça sentait le diable dans l'appartement mais en un rien de temps, sans le moindre attendrissement, j'ai tout arraché. Une fois les jambes bien rougies et bien lisses, j'ai plongé sous la douche. Jamais femme ne s'est plus mouillée savonnée décrottée frottée rincée que moi ce jour-là. En sortant, je me suis épongé les cheveux rapidement, je les sécherais après m'être habillée, il était presque onze heures. J'ai enfilé mes jeans de corduroy vert, mes bas orange et mon chandail brun le plus sexy sans soutien-gorge, c'était ce que je pouvais faire de mieux. Je brossais encore mes cheveux humides lorsqu'il a sonné. Onze heures trente-trois.

J'ai ouvert, le coeur descendant en chute libre. Il est entré vivant et souriant, m'a tendu un sac. Dedans il y avait des cream sodas et des orangeades, il se souvenait c'était merveilleux!

Il était joyeux et dynamique. Il a fait le tour du logement. Sur les murs j'avais collé de grands posters avec des arbres, des rivières, des grands champs verts ou dorés, des forêts irradiées de soleil. Il a trouvé ça beau. Puis il s'est arrêté au milieu du salon, a fait quelques mouvements de bras pour replacer son vieux dos d'écrivaillon fatigué. J'étais ivre de bonheur : il était là dans mon salon. J'ai ouvert une bière pour lui, un *cream soda* pour moi. Il s'est étendu confortablement sur le divan et je me suis assise face à lui sur la berceuse. C'était merveilleux de l'avoir là, étendu tout près, dans cette plage sous le halo de la lampe, avec la même mer qui montait doucement, recommençait à m'envahir...

On parlait, il me racontait des choses sur lui, sur son travail et je buvais ses paroles, m'y enivrais, m'y baignais, m'y roulais. Plus tard on a mangé du fromage avec des biscuits sodas, du gâteau aux épices que j'avais fait moi-même.

Il m'a dit qu'il me trouvait tellement vivante et mince, et j'en aurais dansé de joie et de désir pour lui, si j'en avais eu l'audace.

Plus tard on est partis s'étendre sur mon lit. Je l'avais là dans ma chambre, à moi! C'était parfait.

Mais naturellement ce n'est jamais aussi parfait que l'on s'imagine que ça devrait l'être. D'abord il tenait absolument à ce que la lampe reste allumée pour qu'il puisse bien me voir... et moi, c'était triste, mais dans la lumière, sous son regard, j'étais bêtement gênée mal à l'aise figée. Aussi il a bien fallu que je lui dise que je ne prenais pas de pilules ni rien d'autre... et ça l'a contrarié. C'était pénible.

Pénible au point que j'ai failli sortir de ce lit, me sauver et m'en aller brailler dans les toilettes, me maudissant, maudissant mon impuissance. Mais je ne l'ai pas fait, j'ai essayé de sourire et je lui ai demandé de me laisser éteindre la chienne de lampe. Il m'a libérée. Une fois dans la pénombre, j'ai commencé à me sentir mieux. Il m'a tendu les bras. Ça n'a pas été fantastique, ni merveilleux, ni extraordinaire, mais difficile et touchant. Lui était différent, maladroit, essayait de refréner son ardeur et moi j'essayais d'être à la hauteur. Inutile de mentionner que je n'ai pas eu d'orgasme ce soir-là.

Après, on n'a rien dit. Il s'est endormi et moi je suis restée recroquevillée contre lui, les yeux ouverts, revivant l'événement, me torturant les esprits à savoir si ça lui avait vraiment déplu, ce qu'il pensait de moi etc, etc. Le lendemain, en s'éveillant, on a fait l'amour une autre fois maladroitement, éperdument. À onze heures, il m'a quittée sans déjeuner : un rendez-vous, il reviendrait... Il a refermé la porte doucement et moi je suis restée étendue, accablée, me répétant qu'il ne reviendrait plus, c'était clair.

Dehors il neigeait ventait pleuvait, des vraies giboulées d'automne. Un temps pour rester au lit. D'ailleurs je n'avais pas le goût de me lever, pour quoi faire? Je me suis enfoncée entre mes draps et rendormie. J'ai traîné comme ça toute la sainte journée, m'éveillant, me rendormant. Vers quatre heures, alors que je venais de me lever pour mettre un disque, prendre une pomme dans le frigo, il a sonné. Je n'osais croire que c'était lui et j'ai pris le temps de passer ma grande jaquette de flanellette avant d'aller ouvrir.

C'était lui! Les bras chargés de bière, de vin et de pâtisseries. Il s'est écrié joyeusement :

— Quoi! Encore au lit! Quoi? Quoi?

Et moi sans répondre, je riais, riais, ma tension tombait.

Il a continué :

— Et moi qui croyais que tu étais en train de nous mijoter un souper à la chandelle.

Je me suis précipitée à la cuisine. Pendant que les lasagnes mijotaient au four, on a fait l'amour mais cette fois-ci beaucoup plus simplement, doucement et joyeusement que les fois précédentes.

Enfin j'étais en amour! En amour pour de vrai. Le grand amour! J'étais heureuse, je voguais sur les flots bleus de l'été.

On s'est quittés le lundi matin, en croyant se revoir le prochain vendredi, puisqu'il travaillait les soirs et moi le jour. Mais le mardi, il n'a pu s'empêcher de venir très tard... et dorénavant j'ai passé toutes les soirées à l'attendre, des fois en vain mais ça ne faisait rien, j'aurais aimé mieux mourir que de ne pas répondre à son coup de téléphone. Finalement, après quelques mois de cohabitation intermittente, on a décidé de vivre ensemble. C'est lui qui en a d'abord parlé, moi je n'aurais jamais osé. En tout cas, il était temps, je n'en pouvais plus de l'attendre. J'ai déménagé mes pénates dans sa garçonnière. Très peu de pénates, car il était déjà bien meublé. J'ai distribué mon matelas, mes quelques meubles ici et là. Mes beaux posters sont restés roulés dans une boîte, au fond de la garde-robe, sauf un auquel j'ai trouvé une place au bout du corridor... mais peu importait, Jean-Pierre était tout pour moi : air ciel arbres soleil.

Cependant vivre chez lui ne changeait pas grand-chose, je ne le voyais jamais à mon goût. Il menait une vie trépidante, terriblement occupée, courant de rendez-vous en rendez-vous, de dîner en dîner... toujours des trucs importants, des questions de vie ou de mort. Moi, j'aurais voulu l'avoir toujours près de moi, qu'il ne me quitte pas un seul instant, qu'il soit malheureux loin de moi comme je l'étais loin de lui. Une fois, quand il m'a annoncé qu'il partait pour la fin de semaine à je ne sais plus quel maudit congrès, j'ai éclaté en sanglots, j'ai braillé comme un grand veau. Ça l'a terriblement emmerdé et il y est allé quand même.

Tout de même, il disait qu'il m'aimait et ses copains aussi. Ils en étaient d'ailleurs surpris : j'étais la première femme qu'il emmenait vivre chez lui. On faisait l'amour souvent presque à chaque fois c'était nouveau, souvent surprenant, de plus en plus célestement. On sortait ensemble des fois, on invitait des amis.

C'était moi qui fonctionnais croche, c'était évident. Je n'étais qu'une méchante femme possessive, un monstre dévorateur... ou plutôt une pauvre bobonne qui voulait vivre collée sur son p'tit homme. Mais je me cachais bien mon jeu, je n'y voyais que du feu, j'oubliais les soirées et les nuits infernales passées à l'attendre en proie aux pires tortures de l'angoisse et je clamais bien haut mon bonheur nouveau.

...et maintenant sur le toit mince de la tente où j'étais recroquevillée, dégoulinaient en même temps que les gouttes de pluie, les plus horribles soupçons :

TOUS CES RENDEZ-VOUS, TOUS CES DÎNERS N'ÉTAIENT-ILS PAS PLUTÔT DES «RANCARTS AVEC QUELQUES GONZESSES»?

C'était terrible, trop terrible pour que j'aie la force d'essayer de démêler ces écheveaux noirâtres... Une ou plusieurs...

Les gouttes s'abattaient de plus en plus vite, et la frousse me prenait: Qu'est-ce qui s'était passé? Qu'est-ce qui se passait? Dans quel guêpier étais-je tombée? Je n'avais pourtant pas toujours rêvé, il m'avait dit qu'il m'aimait. Il l'avait dit passionnément en plongeant ses yeux verts dans les miens de longs moments. On s'aimait Jean-Pierre et moi, on s'aimait...

Je ne trouvais pas de réponse. Que faire? Sinon m'abîmer, impuissante, dans les larmes pour essayer de diluer un peu la douleur. J'ai braillé longtemps, la tête enfouie sous le sac de couchage, puis sans m'en apercevoir, je me suis endormie.

VIII

— Sylvie, Sylvie, dors-tu?

Je roulais sur une route cahoteuse au volant d'un mauvais camion qui se transformait en auto brinquebalante, en brouette à quatre roues puis en petit tricycle.

— Sylvie, dors-tu?

J'ai levé la tête hors du sac.

— Sylvie, est-ce que je te dérange? Sylvie?

— Quoi? Quoi?

— Sylvie, il pleut.

J'ai repris mes esprits. C'était le jeune à la porte de la tente. Le tricycle était encore plus confortable que la réalité : Jean-Pierre, pitié pitié, j'ai mal!

— Il pleut.

— Ouin. Quelle heure donc?

— Onze heures. Est-ce que je peux entrer?... As-tu faim? On peut pas faire de feu, il pleut trop. Est-ce que je peux entrer?

— Oui oui.

Je me suis assise et il est entré avec ses cheveux mouillés, ses cigarettes au menthol.

— En plus c'est pas chaud. Veux-tu une cigarette?

— Non j'ai les miennes.

— Penses-tu aller manger quelque part... ou acheter quelque chose à l'épicerie?

Maintenant qu'il m'en parlait, la faim me prenait. J'ai bâillé, me suis frotté le visage.

— On est mieux d'aller au restaurant.

— Ouais, un déjeuner c'est pas tellement cher... T'as dormi longtemps, ça va te faire du bien...

Quelle mémère.

Je me sentais mal, j'avais dormi tout habillée, j'étais collante des sueurs de la veille.

— Va m'attendre dans l'auto, il faut que je me change.

Il est sorti. Tant bien que mal, je me suis déshabillée, j'ai enfilé un blue-jeans propre, un chandail à col roulé. À côté, le moteur se lamentait: Tiens, j'avais laissé les clefs à l'intérieur hier au soir. Quelle imprudente! Ce jeune-là, je ne le connaissais pas! Il aurait pu foutre le camp avec la bagnole. Il démarrait enfin, je me suis dépêchée de sortir. La radio jouait, j'ai été accueillie par un flamenco brûlant et douloureux, comme si je n'avais pas assez de mes propres blessures! J'ai baissé le volume.

Cabano n'en menait pas large sous les averses, sa rue principale encore moins. J'ai choisi le premier restaurant venu. De la cuisine venaient les effluves de la bonne soupe du midi, mes boyaux se sont tordus douloureusement, la tête s'est mise à me tourner. J'ai commandé des corn flakes, un oeuf, deux toasts. Je n'aime autant pas énumérer ce que le flot a choisi, ça serait trop long et déprimant tout compte fait. On a mangé en silence, lui engloutissant, moi mastiquant lentement les céréales ramollies pour ne pas brusquer mon estomac torturé. Finalement le déjeuner m'a renippée. Le jeune jacassait, il me causait de je ne sais plus quel maudit groupe rock et je n'écoutais pas. Je fumais, je le regardais sans le voir et dans ma tête j'essayais de tout balayer, de tout repousser, pour faire une espèce de vide momentané. Un vide qui me permettrait juste de saisir le bout de certain fil conducteur, qui m'amènerait vers quelques explications apaisantes, ou encore me plongerait dans une révolte agressive doublée d'un sentiment de vengeance consolateur. Mais rien ne se produisait, les vagues continuaient à déferler et je restais là sans bouger, hypnotisée, à contempler les morceaux brisés et à me laisser taillader par leurs éclats.

On a fait traîner le déjeuner autant que possible, reprenant du chocolat chaud, un morceau de tarte, fumant cigarette sur cigarette... Fallu bien quand même se décider à sortir de là. La pluie tombait plus que jamais, de longues gouttes rapides intarissables et décidées, comme s'il était entendu qu'elles allaient tomber comme ça pour le restant de la vie. Il n'était pas question de retourner tout de suite au camping. Ça serait trop pénible de rester étendue sous la tente humide à me battre avec mes images. Le jeune a proposé qu'on aille faire un petit marché, on voyait bien qu'il n'avait pas les moyens de se payer des repas au restaurant tous les jours, moi non plus d'ailleurs. J'ai pensé à toute la bouffe que j'avais laissée à St. Alexis : le fromage, les steaks, le jambon, mes rosettes, beignes, *Joe Louis*, petits gâteaux au caramel...

Le marché de Cabano était aussi bien nanti que ce bon vieux Tessier le favori. Naturellement on diviserait l'addition moitié moitié. On avait l'air de deux beaux comiques dans les allées avec notre panier : lui et ses grands yeux, ses petites manières, moi ma grande face verte longue et triste. Je me suis aperçue dans le miroir, derrière les fruits et légumes. J'ai vu aussi en même temps les deux commères et la caissière qui nous examinaient dès qu'on avait le dos tourné.

Avant tout, on a mis dans le panier des confitures de framboises, du beurre de caramel, des biscuits au chocolat, à la noix de coco, des beignes au miel... puis on s'est tourné vers le reste : le beurre de peanut, le jambon en boîte, les oeufs, fromage beurre lait pain etc.

Ça nous a coûté $68.32, chacun $34.16. Le jeune a trouvé ça cher, tant pis pour lui, n'avait qu'à pas me suivre.

Le restant de l'après-midi s'est étiré à virailler à gauche à droite, à tourner autour du lac. Par un temps pareil, il n'y avait pas d'autres solutions que de rouler en écoutant des tounes plates à la radio. Par moments, j'arrêtais l'auto dans une entrée déserte, et je lisais le premier chapitre de l'*Histoire universelle* tome I. Le jeune avait trouvé un Agatha dans la boîte à gants et essayait de s'y plonger.

Vers six heures la pluie s'est enfin arrêtée et on est revenus au camping. Tout était humide, ce n'était pas tentant d'allumer un feu; on mangerait froid. On s'est installés dans l'auto les portes ouvertes, la table de pique-nique était trempée, se passant le beurre, le fromage, le jambon, les biscuits sodas. On a fini en engouffrant toute la boîte de biscuits coco-chocolat.

En mangeant, je laissais mes pensées courailler et je les voyais en train de souper, elle et Jean-Pierre. Je la voyais assise sur ma chaise, en train de siroter son café dans ma tasse en poterie et c'était trop, plus que je pouvais en supporter : c'était admettre que lui et elle c'était vrai, vrai et durable, qu'il avait l'intention de m'annoncer une rupture... Une rupture! Je chavirais, je me perdais, j'agonisais une autre fois, je mourais! Une rupture! Le coeur me battait à grands coups désordonnés, affolés. C'était donc fini! Je n'avais plus de chum, je me retrouvais comme avant : seule.

Pendant tout ce temps, le jeune jacassait; il parlait de sa tante Jeannine qui était merveilleuse et pas barrée, qui allait danser et portait des robes brillantes absolument fantastiques et scandaleuses. Pauvre tit gars! Je la voyais d'ici ma tante Jeannine.

— Toi Sylvie, danses-tu?

— Des fois...

— Aimes-tu ça?

Et là je me suis laissée glisser dans le piège, mon piège à moi : les mots.

— Sais-tu, avant je ne dansais pas tellement.. j'aimais ça, la musique me soulevait en dedans, mais en dehors, ça ne donnait pas grand-chose; je ne dansais pas tellement bien. Mais mon chum, lui, il est super, il m'a appris même le tango.

Le jeune a répété :

— Le tango?

— Oui oui le tango, c'est extraordinaire, je trouve que c'est la danse la plus fantastique pour quelqu'un de pressé comme moi!

— Qu'est-ce que tu veux dire pressée?

— On danse ça comme si on se dépêchait c'est plaisant.

Il riait.

J'étais lancée! Alors j'ai continué, mon chum par ci mon chum par là…

— Qu'est-ce qu'il fait ton chum?

— Journaliste!

— Ah c'est le fun…

Je me suis mise à tout lui raconter, à broder, à lui narrer tout. Tout notre beau roman, comment je l'avais rencontré, comment il était merveilleux, comment on était heureux. Je m'extasiais, j'enjolivais, je m'illusionnais. Du revers de la main, je balayais la fille blonde et ses marques de bikini. Tout redevenait comme avant, notre amour reprenait son cours et le jeune m'écoutait la bouche ouverte, riait des distractions de Jean-Pierre, s'attendrissait de ses manies, s'enthousiasmait de nos projets de voyage. À l'extérieur, il s'était mis à venter terriblement, un grand vent sans retenue, mais pas méchant, tiède. On était bien à l'intérieur de l'auto, la vitre à peine baissée, juste assez pour laisser passer la fumée, à l'abri à regarder les arbres échevelés tout en s'enivrant de paroles. À dix heures j'étais complètement soûle, gonflée à bloc, exaltée par notre bel amour.

Enfin je me suis tue, et on a entendu le vent siffler. Pour combler le vide qui menaçait, j'ai proposé un tour d'auto. On a ramassé les reliefs du souper et le jeune est parti entreposer la boîte de bouffe dans un coin de ma tente. Je l'ai vu tituber dans le vent à la lueur des phares, puis il est venu s'asseoir en avant, a ouvert la radio...

C'était vendredi soir, mais à cause du mauvais temps le camping restait presque vide. J'ai viraillé un peu dans les rues puis je me suis arrêtée près d'un restaurant. Il n'y avait pas d'autres endroits à fréquenter à cette heure. L'hôtel avec son enseigne illuminant en rouge deux mini topless me faisait trop peur, au jeune aussi sans doute.

Le restaurant était bondé, pas de place aux tables, on s'est donc installés au comptoir. C'était pénible, juste en face, derrière les tablettes pour les verres à milk shakes et les coupes à sundaes, il y avait un grand miroir tout éclairé et je pouvais très bien contempler ma face blême et mes yeux creux. Le jeune fumait, mal à l'aise. Il y avait un grand brun qui semblait l'avoir repéré et cherchait son regard dans le miroir. Le jeune rougissait, gardait les yeux obstinément baissés, fuyait, me disait n'importe quoi... On a siphonné nos deux milk shakes en vitesse, et sans même se consulter on a filé.

J'étais maintenant complètement dégrisée, abattue, désespérée. Nous ne disions pas un seul mot, ni l'un ni l'autre. De la radio, coulait un concerto limpide et sa transparence, sa légèreté, résonnaient dans l'auto, faisaient paraître encore plus déserte la route, plus solitaire le vent.

Quelle tristesse!

Au camping, sans dire un mot, on s'est engouffrés chacun dans sa tente. J'ai enlevé seulement mes jeans et je me suis enroulée dans le sac de couchage avec mes deux chandails. Le vent secouait la tente, le visage et le front me brûlaient, je mourais de honte, je me maudissais d'avoir tout raconté au jeune. Je me méprisais, je méprisais mon enthousiasme ranci pourri. Une lourde vague d'angoisse m'emportait, une angoisse folle, douloureuse. Je me suis assise dans le noir, désespérée, et je me suis mise à prier mon vieux grand-père mort depuis dix ans mais que j'avais aimé, qui dans le temps s'était intéressé à moi, et je l'ai supplié :

86

— Aide-moi, aide-moi, j'en peux pu... aide-moi!

Je me suis recouchée avec des élancements dans la tête, mais alors attendrie par cette image de moi-même appelant au secours dans le vent et la nuit noire, je me suis mise à sangloter... J'ai dû m'endormir dans mon cortège de larmes.

Je ne sais pas si c'est à cause du vent qui avait soufflé toute la nuit, mais au matin je me suis éveillée dans un drôle d'état; comme portée par une immense colère, une colère sans nom, étouffante, dure comme une pierre, bouillante comme un volcan. Il ventait toujours mais beaucoup moins que la veille, le soleil brillait et ça semblait plutôt frais. Il fallait que je sorte au plus vite de cette tente. J'ai saisi mes jeans humides en tas dans le coin et je suis sortie les enfiler dehors. Oui, c'était frisquet. Il n'était que six heures dix minutes. J'ai jeté un coup d'oeil à côté, le jeune dormait à poings fermés, le maudit chanceux. Ils dormaient tous, Cabano aussi dormait et lui aussi, le Jean-Pierre à Montréal, il devait dormir le maudit cochon, le maudit cochon, le chien sale, il devait dormir avec cette putain de merde de grosse blonde. Il n'y avait que moi d'éveillée, que moi à grelotter dans le petit matin. Que j'étais ridicule!

Ridicule!

Debout solitaire dans le matin frais, la rage m'emportait:

Le maudit cochon! Le salaud! Ah! L'avoir juste une minute devant moi pour pouvoir lui maudire ma main en pleine face!

Mon imagination s'enflait! J'inventais le geste, le faisais, refaisais, le recommençais cinq dix vingt fois. Ses joues rougissaient enflaient... Mais ce n'était pas suffisant pour canaliser toute la colère qui m'habitait et je m'en voulais! Je me reprochais la stupidité qui m'avait fait fuir le dos rond, en rampant, quand je les avais aperçus dans le lit.

Pourquoi? Pourquoi alors ne m'être pas mise à hurler? Pourquoi ne pas leur avoir lancé n'importe quoi à la tête? Lampes, cendriers, chaises, meubles... Et alors en pensée je les immolais tous les deux! Ils disparaissaient, assommés sur le lit, écrasés sous un paquet d'objets hétéroclites.

Mais ce n'était pas encore assez pour contenir toute ma colère. Alors je courais au salon chercher le fusil et je les abattais. Je les rouais inlassablement de cent balles. Je recommençais, je les abattais encore et ils mouraient dix cent mille fois. Et ce n'était pas encore assez! La colère ne parvenait pas à se repaître, je courais, je cherchais des armes, je les poignardais, je les transperçais avec des épées enflammées... mais ça ne suffisait pas. Alors j'inventais une deux dix cent situations différentes et abracadabrantes où je les exterminais sans pitié: sur la rue, dans le métro, dans les bars etc.

Peine perdue, j'étouffais! Tout se brouillait...

Au secours! Au secours! Aidez-moi quelqu'un!

Éperdue, un peu comme si je sortais du sommeil ou d'un évanouissement, je m'arrêtai, regardai autour de moi: un camion passait bruyamment. Je cheminai le long de la grande route, essoufflée, en sueur. Le soleil brûlait pas mal haut dans le ciel, les arbres ne bronchaient même plus. Je me retournai et derrière, je ne voyais même pas le camping.

Pauvre folle! Pauvre folle!

J'enlevai mon chandail de laine. Oui, il faisait chaud et j'étais ridicule, ridicule. Absorbée par mon démon, j'avais traversé le camping, marché trop longtemps sans trop m'en apercevoir. C'était paniquant.

Tout en reprenant mon souffle, je faisais des efforts pour essayer de me souvenir, de retrouver certains détails de la route parcourue, de me retrouver moi-même derrière ces lubies violentes. En fouillant bien j'extirpai deux trois indices: un chien qui avait aboyé quelque part, une auto trop bruyante à un certain moment, une maison d'un vert affligeant... Ouf! Je respirais! Pas encore complètement folle, capotée tout au plus. Jean-Pierre avait droit à sa vie, à sa personne, avait droit de cesser de m'aimer. C'était sans arguments... mais ça faisait mal.

Pour me punir, j'ai marché jusqu'au village acheter des pommes.

IX

Pendant mon absence, le camping en avait profité pour se repeupler d'un terrain à l'autre. Des familles entières étaient installées avec leurs tentes roulottes, leur poêle à charcoal, leur corde à linge; des habitudes étaient déjà prises. Les enfants couraient partout en criant et en braillant, les mères piétinaient de la tente à la glacière au coffre de l'auto, les pères, une bière à la main, supervisaient le tout... «Bon d'accord, c'est eux qui avaient monté la tente roulotte.»

Que je les enviais! Que j'enviais ces femmes avec leurs gougounes bleues, leur short jaune serein et leurs petites veines mauves sur les cuisses. Que j'aurais donc voulu changer de place avec l'une d'elles: fouiller moi aussi dans ma glacière, avoir oublié le sel et crier après les deux p'tits:
«Tit Pit lâche Marie Eve... tit Pit...»

Beaucoup moins bruyants, de jeunes couples paisibles allongés nonchalamment sur leurs chaises longues à l'abri de leur camper noir, buvaient quelques décoctions glacées; elle bronzée exagérément en bikini rose pâle, lui viril dans son speedo multicolore. Ce soir ils iraient au mini golf... La maudite grosse vie! Je les enviais aussi les malheureux!

Le jeune bien propre, étincelant dans son t-shirt blanc, les cheveux encore humides, était en train de cuire son petit déjeuner ou son dîner vu l'heure. Il m'a accueillie avec enthousiasme:

— Allo Sylvie! D'où tu sors? As-tu déjeuné?

Qu'il m'énervait! Quel emmerdeur! Je n'ai pas répondu, j'ai filé dans ma tente.

— Il fait beau hein, Sylvie! Veux-tu que je te prépare quelque chose?

— — — — —

— Je peux te passer ma gamelle...

Le remords m'a pris, j'ai crié :

— Non merci, il faut que je prenne ma douche, je suis crottée... Tiens j'ai acheté des pommes vertes.

— Pour moi, Sylvie, il te restera pas d'eau chaude, c'est plein de monde.

— Ils vont partir demain.

— Quoi?

— Ils vont partir demain, c'est dimanche... Cesse de me parler j'ai mal à la tête.

Je suis partie avec serviette, savon, shampoing, linge propre, le dernier qui me restait. Les douches étaient vides et l'eau miraculeusement chaude. Je me suis laissée asperger longtemps, depuis le temps et les événements, il y en avait des sueurs à diluer, des miasmes à dissoudre. En grelottant, les cheveux dégoulinants, je suis revenue. Le jeune mangeait encore, cette fois-ci des biscuits au chocolat, il m'a montré le sac :

— Je t'en ai laissé la moitié...

— Tu fais mieux.

Il avait nettoyé la gamelle, entretenu le feu, mais je ne lui ai pas dit merci. J'ai commencé mon déjeuner par une orange qui n'étais pas assez sucrée, puis deux oeufs saupoudrés de cendre, accompagnés de toasts brûlées sur un bord, blanches sur l'autre, du fromage et le demi-sac de biscuits au chocolat. Le jeune fumait ses menthols.

Je ne savais pas trop quoi faire avec la boîte à provisions, finalement je l'ai enveloppée dans deux sacs Glad et je l'ai cachée dans une talle de fougères derrière les deux sapins. Advienne que pourra!

Le jeune est parti relaver la gamelle et je suis restée assise sur une roche à fumer douloureusement et à vibrer monotonement mais avec toujours la même intensité sur cette vieille image d'avant-hier : moi, le lit, Jean-Pierre, etc., etc.

Tout autour, les campeurs s'organisaient pour passer l'après-midi. Lentement, par petits groupes, avec des enfants dans les poussettes et dans les jambes, ils se dirigeaient vers le terrain de jeux. Il y en avait d'autres plus paresseux qui traînaient simplement leurs chaises pliantes jusqu'au terrain du voisin et qui s'assoyaient en cercle, jasant, se passant la bière.

Je sentais que je ne pourrais pas passer l'après-midi à mijoter sur cette pierre plate. Quand le jeune est revenu de la vaisselle je lui ai appris que je partais faire le lavage, je n'avais plus rien à me mettre sur le dos. Il a suivi.

C'était plate, irrémédiablement plate et douloureux de partir laver en plein samedi après-midi. Tant pis. Le soleil frappait sur les autos rutilantes, les maisons étaient laides et poussiéreuses. Quelle tristesse! Quelle tristesse des tristesses!

Mais la laundromat n'était pas si déserte que l'on aurait pu décemment le croire, en fait il y avait presque foule. Il y régnait une activité de ruche et une chaleur étouffante... et il n'y avait pas de machine de libre.

On s'est assis sur deux chaises-paniers bancales en plastique orange. Il n'était pas question de partir et de perdre notre tour. Il y avait là deux filles de dix-neuf vingt ans, deux madames Chose, une mère de famille ses deux petits leurs popsicles, deux jeunes fous et nous deux suants, brûlés par les rayons du soleil qui passaient sans restriction à travers la belle grande vitrine.

Les deux madames Chose pliaient leur linge sur la grande table. C'était réconfortant de les contempler installées là comme chez elles, aplatissant d'une main vigoureuse chaque morceau multicolore, le pliant rapidement, l'empilant en belles piles droites ben égales.

En viendrais-je jamais à la pile parfaite et immaculée?

Cependant, en dépit de leur adresse, ces deux bonnes dames n'avaient pas l'air trop joyeuses. Les sourcils froncés, sans dire un traître mot, elles fumaient du coin des lèvres, l'oeil fermé, l'ouvrant de temps à autre et le levant réprobateur sur les deux jeunes fous qui n'arrêtaient pas de bouger, de se promener, de manger des chips, du chocolat, d'ouvrir et de refermer le couvercle de leur machine pour vérifier dieu sait quoi, de tourner en rond, de sortir deux minutes sur le perron. Réprobateur aussi sur nous deux assis ben tranquilles sur nos paniers percés... désapprobateur et interrogatif. Même les deux filles au fond se sont dérangées pour venir jeter un coup d'oeil dans notre coin et une fois retournées là-bas, elles ont continué de nous observer subrepticement, se passant des remarques, échangeant leurs suppositions.

Je n'en avais cure! J'avais juste le goût de leur faire des grimaces épouvantables proches de la démence. Surtout que l'une d'elle était blonde, bronzée et maquillée, en petits shorts rose bonbon et rien qu'à la regarder à peine plus longtemps que nécessaire, je repartais en orbite.

Une blonde bronzée! Le kétaine! Le maudit kétaine! le christ de niaiseux, de christ de kétaine, de maudit mâle pogné!

Me semblait, oui il l'avait proclamé, oui, je me souvenais... me semblait qu'il avait horreur des beautés artificielles, des femmes sophistiquées. Me semblait qu'il n'acceptait même pas que je m'effleure d'un soupçon d'ombre à paupières, d'une mini-goutte d'eau de cologne wild rose. L'hyprocrite! Le maudit hypocrite, le chien sale...

Quand son chum Jean-Marc était tombé en amour avec cette blonde outrageuse, qui finalement n'outrageait pas tant que ça et que j'aimais bien en dépit de ses faux cils, il s'était moqué! Lui le grand Jean-Pierre la regardait à peine, lui adressait la parole d'un ton paternaliste pourri, poli, indifférent, pis moi j'étais contente... Le maudit cochon! D'ailleurs... d'ailleurs, la lumière m'éblouissait, le soupçon m'aveuglait. Se pouvait-il que lui et elle? Elle et lui? L'hypocrite, le maudit hypocrite! Voilà que la colère, la haine me montaient à la tête. Voilà que je me remettais à le gifler sauvagement, à l'assasiner inlassablement, désespérément, jusqu'à m'en écrouler moi-même. À m'en écrouler presque pour de vrai dans cette chienne de laundromat brûlante, évanouie d'horreur sur les tuiles sales collantes, étendue sur des traînées de poudre bleue. Je me suis campronnée au plastique de ma chaise, j'ai fermé les yeux. Peu à peu je suis revenue au cliquetis des fermetures éclairs de jeans tournoyant dans les sécheuses, au vire-vire des laveuses et au bras du jeune qui me tendait un *seven up* glacé et qui me dévisageait, l'oeil paniqué:

— Sylvie Sylvie veux-tu un *Seven up*?

Cette fois là, je lui ai dit merci.

Enfin la mère des enfants aux popsicles a retiré son stock des laveuses, elle en avait mobilisé sept. Pauvre p'tite femme! Cependant, toute pauvre qu'elle était, je l'enviais elle aussi avec ses deux salaupiots aux joues collantes, à la bouche pire que collante, avec ses sept laveuses, ses cinq sécheuses. Elle m'a souri timidement pour s'excuser, je lui ai souri aussi en me précipitant sur la première machine: un gros type entrait, chargé de sacs verts.

Notre lavage séchage s'est passé sans histoires, sauf qu'on a perdu $1.75 dans le distributeur de poudre à lessive. On est partis de là à cinq heures et quart complètement déshydratés, votant majoritairement pour une baignade dans le lac Temiscouata qui, à cette heure, serait sûrement vide de baigneurs.

Oui, il n'y avait pas grand monde sur la plage, mais elle n'était pas aussi chaude que la laundromat. Il y flottait un vent tiède et le soleil se cachait derrière des maudits nuages, tant pis. L'eau du lac qui virait au noir n'était pas tentante non plus, mais tant pis encore une fois. La peau hérissée de chair de poule, je n'ai pas hésité une minute (ça ne pouvait pas faire aussi mal que ce que j'endurais en dedans). J'ai prix une bonne course et sous l'oeil admiratif du jeune, je me suis lancée à l'eau qui était effectivement plus froide que je l'avais imaginé, mais pas vraiment glacée. J'ai crié :

— C'est pas si pire… Envoye donc, mémère!

Il a plongé brusquement, il nageait beaucoup mieux que moi et je n'ai pas essayé de lui faire concurrence. Le vent continuait de voguer et si on ne voulait pas qu'il vire au glacial, fallait y aller vigoureusement. Finalement on n'était pas si mal mais pas assez bien pour que j'oublie Jean-Pierre qui en ce samedi soir… et là je réalisais qu'on était au samedi! Deux jours seulement que je m'étais retrouvée au pied de notre lit! Deux jours! Et j'avais l'impression d'avoir vécu depuis au moins deux années de douleur.

J'ai plongé sous l'eau en laissant un peu m'effleurer la tentation d'y rester à jamais. Ça n'était peut-être pas si mal! J'avais lu quelque part qu'en se noyant, on voyait des belles couleurs… Mais je n'étais pas mûre pour les arcs-en-ciel! Quand je suis remontée, le jeune était sorti de l'eau, enfilait ses jeans. Je l'ai suivi et pendant qu'il courait se réchauffer dans l'auto, j'ai réussi à m'habiller derrière un semblant de buisson.

L'auto était chaude, un petit tour les vitres levées me remettrait les sangs à leur place. Quelle quiétude sur Cabano à cette heure; ils étaient tous à leur souper ou à préparer leur saturday night fever. Le soleil réapparaissait tout doré de derrière les nuages, le jeune découragé par une série de pitonnages complètement infructueux, s'était branché sur dieu sait quelle antenne qui diffusait comme un disque *Deutsche Gramophone* sur un stéréo neu une bonne vieille musique en bouffant. Des arrangements bien fluides de quelques vieux succès sans âge :

Chaaaarioooooot
Gondolier mummummmummmummum

C'était ennuyeux ennuyeux comme le ménage du vendredi avec Vovonne, la vadrouille la maudite poussiéreuse, le torchon, l'aspirateur, les vitres sales, les miroirs gras. Ennuyeux comme le dimanche après-midi quand on est petit et que les parents, enfermés dans leur chambre, prétextant une

94

sieste... Ennuyeux à me redonner un goût douloureux de m'engouffrer à tout jamais dans mon Jean-Pierre tout en sachant que c'était impossible, qu'il n'y aurait plus de refuge plus jamais pour mon corps tourmenté.

Le jour où la pluie viendra aa!

Le jeune avait cessé de claquer des dents et la tête appuyée contre le dossier, les yeux fermés, ne disait rien. J'ai continué à rouler comme sur un nuage, emportée par cette musique glissante, jusqu'à ce que l'émission change et que le jeune bondisse frénétiquement à l'annonce d'un mini-concert des April Wine et qu'en même temps la faim me prenne. Je n'avais pas envie d'entrer cuisiner au camping, alors, me sentant l'âme généreuse, j'ai annoncé au jeune que je lui payais trois hamburgers pas plus, un frite, un gros coke, pour le dessert on verrait...

On a trouvé un casse-croûte désert, il n'y avait qu'un unique client, un motard bien calé sur son engin à l'arrêt. Il s'est retourné pour nous voir, il nous a examinés tous les deux d'un oeil patient, puis son regard s'est promené à nouveau sur moi, sur le jeune, est revenu encore, sceptique. Non, il ne pouvait pas croire qu'on soit ensemble, qu'on baise ensemble, ce n'était pas un naïf. Malgré Jean-Pierre et tout ce que vous savez, je n'ai pas pu m'empêcher de sourire un peu et le motard a vu ça, a continué de me regarder et ça ne m'a pas vraiment déplu. Il effleurait mes seins hem hem, ma taille fine, et ça ne me déplaisait pas. On a commandé notre menu. Pour dessert une *Coffee Crisp*. Le gars de bicycle continuait de m'évaluer, je devais être son type... Que j'aurais donc voulu à la minute même, oublier Jean-Pierre, ses pompes et mon cortège de larmes, et partir me vautrer dans la plus effrénée des bottes avec ce gars-là qui, à le regarder subrepticement, me plaisait bien : râblé, peau brune, cheveux longs attachés en arrière, yeux sombres... mais j'en étais incapable! Je n'étais pas capable! Quelle merde.

Bon, il n'était pas question qu'on mange là. En marchant jusqu'à l'auto, j'ai quand même roulé des hanches et en démarrant, j'ai plongé dans le sien un regard profond, j'espère qu'il y a décelé la pointe de regret. On s'est installés sur une halte routière à une table de pique-nique, assis sur la table, les pieds sur le banc. Le soleil chauffait encore un peu et avec le chandail sur le dos, c'était agréable.

Le jeune mastiquait silencieusement en continuant d'écouter «April Wine» et moi je me demandais si Jean-Pierre s'était vraiment rendu à ce congrès. Il me semblait que oui, qu'à un moment j'avais lu la convocation et je me consolais en me disant qu'il devait s'y être rendu seul. Je le connaissais assez pour en être certaine... presque. Mais encore! Peut-être n'avait-il même pas mis les pieds là-bas et était-il encore au lit avec cette vraie blonde? La hargne me reprenait. J'avais le goût de casser la table de pique-nique, d'écraser la bagnole, de déraciner les arbres. Non non non, il était à ce maudit congrès, discutant de tout et de rien dans cet hôtel climatisé à souhait...

Ah qu'il me prenait l'envie de m'envoler vers lui! Juste pour le voir, le toucher une seconde! Que je m'ennuyais, comme il me manquait! J'avais froid, j'avais faim, je dépérissais nue sur cette île déserte recouverte de glace... Jean-Pierre! Jean-Pierre! J'ai avalé avec un sanglot gluant ma dernière bouchée de hamburger.

Pardon Jean-Pierre pour les p'tits gâteaux au caramel *Joe Louis* rosettes beignes au miel *Cherry Blossom caramilk* bonbons caramel eskimos chocolat! Pardon Jean-Pierre! Pardon Danièle Starenkyj! Pardon Tiers Monde!

Le jeune s'est levé pour aller remonter le volume une autre fois. Les «Vins du printemps» hululaient et moi aussi, dans les dernières lueurs du soleil qui descendaient sur les arbres et sur nous autres figés sur la table de pique-nique.

On y est restés longtemps... jusqu'à ce qu'il soit l'heure d'aller voir le deuxième film au ciné de Cabano : *Collège américain*, parce qu'on ne pouvait tout de même pas retourner au camping pour endurer le Social du samedi soir.

Tout de même, le ciel a eu pitié une autre fois, le film était tordant! Sans même reléguer Jean-Pierre aux oubliettes grecques, je me suis laissée secouer par un rire nerveux hystérique proche des larmes, mais libérateur. On prend ce qu'on peut!

Plus tard, en revenant au camping qui brillait encore de quelques feux silencieux, se remémorant les séquences les plus comiques, le jeune continuait de se pourlécher la rate, mais moi je ne riais plus, je souriais poliment tout au plus. Une fois sortie de la salle obscure, je n'étais plus touchée et ma bobine intérieure qui ne s'était pas arrêtée, continuait de diffuser ses maudites vieilles images.

Mais je me suis endormie ce soir-là sans brailler, endormie dans un état d'immobilité, de résignation. Et le lendemain, par un effort de volonté, j'ai réussi à dormir tout l'avant-midi, ouvrant un oeil de temps à autre... un oeil et une oreille juste pour constater que le temps était nuageux et plate, que le jeune n'était pas levé mais que les autres campeurs l'étaient, et réussissant quand même à me rendormir, à me replonger dans quelques rêves incohérents, influencés par les bruits environnants mais pas douloureux, me tenant dans un état de neutralité, des espèces de limbes tellement confortables.

Mais ça n'a pas duré. La conscience a repris son niveau et moi mon désespoir, mes battements de coeur incohérents, mes broderies sur le même sujet. Je recommençais à tout revivre une autre fois : notre rencontre, notre vie à deux, je laissais aussi remonter notre vie cachée ; ses nuits dehors, les miennes en dedans mouvementées, passées à l'attendre, dressée sur mon séant, les oreilles bourdonnantes de grondements d'éternité, guettant ses pas dans le corridor, refoulant mon imagination galopante qui voulait se mêler de savoir à quoi il passait le reste de ses nuits. Son travail se terminait à minuit, minuit exactement. Où peut-on se trouver un lundi à cinq heures du matin? où?

Cependant, certains soirs, oh surprise oh joie oh bonheur oh soulagement! il entrait sans bruit à minuit et dix, alors que je sortais brûlante de mon bain. Imaginez la suite... Et de les revivre, ces suites augmentaient encore mon désespoir.

Les autres? Les regardait-il comme ça? Comment est-ce qu'il leur faisait l'amour? Subitement, virant mon capot de bord, méchamment avec une pointe de satisfaction jalouse, je m'insinuais que tout compte fait, en amour côté technique uniquement dans le sens des performances, il n'était pas hein hein hein! si merveilleux que ça! Que finalement mes orgasmes n'avaient pas été obtenus de ses seuls efforts hi hi! Que ça m'en avait pris du temps pour lui faire comprendre que je n'aimais pas ci, que j'aimais mieux ça, etc., etc., mais je me suis arrêtée là parce que je me faisais honte. Je ne pouvais pas malgré ma peine et mes frustrations descendre aussi bas que ça; aussi bas que Delly Vovonne ma mère Marilyn Piaf et d'autres adeptes de la vieille idéologie du super mâle distillateur de septièmes ciels multiples. Non voyons... Les autres, toutes ces fausses blondes, elles étaient comme moi! Elles le trouvaient beau, elles le désiraient et elles s'en arrangeaient, peut-être pas aussi bien que moi je l'espérais. Mais lui lui! Le traître en lequel je m'étais laissée croire! Il m'avait dit qu'il m'aimait, il l'avait dit... Où voulait-il en venir? Que comprendre?

Mais une fois encore, je m'arrêtais. Ma vieille rengaine habituelle me désarmait, me knockoutait. Je n'étais pas à la hauteur et ça se voyait, j'en faisais pitié. Je m'accrochais à lui... Dans les partys, je me collais sur lui pour bien montrer qu'il était à moi, qu'il m'appartenait, pour l'empêcher de danser avec deux trois autres. Parfois, il me laissait faire, m'endurait, m'acceptait, me tenait même la main. Mais d'autres fois, sans dire un mot, il disparaissait. Où? Où?... Me laissait seule au milieu d'un groupe de femmes mariées libérées qui discutaient de leur moi profond, de celui de leurs mères, de leurs enfants, de leur divorce, de leurs amants. Et je ne me taisais même pas, j'entrais dans la conversation, je disais n'importe quoi selon l'inspiration du moment. Je les contrariais outrageusement, continuant d'un oeil sournois et affolé à poursuivre Jean-Pierre, à le chercher dans la foule.

Un calvaire!

Tant pis! En cet instant j'aurais donné n'importe quoi pour le chercher dans une foule de mille personnes, pour l'attendre à quatre heures du matin, le coeur dans la gorge.

Un calvaire!

En fait, à bien y penser, je n'étais heureuse que collée à lui. Pendant qu'on faisait l'amour, lorsqu'il était en moi, ou encore après, blottie sous son aile dans notre lit... ou assise tranquille à lire pendant qu'il sommeillait sur le divan ou qu'il lisait le journal, écrivait un peu, mangeait, buvait son café, m'embrassait en passant, me caressait un sein, ou plus, me faisait l'amour sur le divan, même si je n'en avais pas envie, même si je n'aime pas être dérangée quand je lis, même si je n'aime pas non plus baiser comme ça à brûle-pourpoint (tant pis pour mon vagin irrité). J'étais bien! Il était là, à moi, tout à moi, rien qu'à moi!

Jean-Pierre ma mère, ma vie, mon ciel, mon soleil!

J'ai résisté à la vague de désespoir qui voulait m'emporter. Je hurlais intérieurement. Non. Non! Il est à moi! On est l'un à l'autre! Qu'on le veuille ou non. Mais cette résistance impuissante était encore plus douloureuse que le désespoir lui-même et au fond je m'entêtais, je ne voulais pas oublier... Mais peut-on oublier la faim, la soif?

Cependant, si on ne veut pas sombrer, il faut faire quelque chose.

En reniflant j'ai fouillé dans ma valise pour trouver de quoi lire. J'en avais terminé avec le Dr. Robbins, j'ai mis de côté *Les enfants de la violence*, pas ça aujourd'hui, je n'avais pas l'humeur aux tâtonnements de «Martha»... Bon, aussi bien revenir à l'*Histoire universelle* Tome I: c'était ce qu'il me fallait, les vieilles civilisations disparues, ces milliards d'êtres humains réduits en couches de poussière successives reléogueraient bien loin une plus que minable peine d'amour. Avant de commencer, j'ai jeté un coup d'oeil à l'extérieur, le jeune n'était pas encore levé. Dormait-il toujours? Ou se masturbait-il en fantasmant sur John Travolta? Pauvre p'tit jeune.

À quatre heures trente, tout étourdie d'avoir trop lu, je suis partie prendre une douche. Le jeune était levé depuis longtemps. À travers la toile je lui avais grogné, au début de l'après-midi, que j'étais réveillée, que je lisais, de ne pas m'attendre pour manger, que je souperais seulement. Tout autour, les joyeux campeurs du week-end en étaient à leurs derniers préparatifs de départ. Bon débarras. Le temps de la douche, ils avaient tous disparu! On se retrouvait à nouveau entre nous : quelques toits oranges, verts ou drabes disséminés ici et là.

Le temps était couvert mais doux, les oiseaux bavardaient. Maintenant qu'ils étaient partis avec leurs poêles à charcoal, les odeurs de bois, de fougères, de fleurs, refoulées pendant deux jours par les vapeurs de côtelettes, reprenaient leur niveau habituel.

C'était somme toute une belle petite fin d'après-midi et c'était plaisant aussi de marcher sur les aiguilles de pin qui sentaient bon. Mon dieu, mon dieu! Seigneur mon dieu! Sainte mère de dieu! Si Jean-Pierre avait pu me sortir de partout et partir s'asseoir près du feu à la place du jeune. Comme ça aurait été merveilleux extraordinaire extra extra! Un miracle, un merveilleux miracle!

Envoye donc, bonne sainte mère! Envoye donc! Bill-moi le ici!

Oui folle!

Auprès du feu, le jeune commençait à brasser sa gamelle, il avait sorti la boîte à provisions et faisait l'inventaire du contenu. J'avais faim, je m'en suis mêlée. On s'est décidés pour une soupe aux légumes, du jambon en boîte avec des asperges et faute de patates, des bonnes vieilles toasts. Pour dessert, des grands biscuits *Goglu* recouverts de bonne confiture ou de caramel *Grenache*. Qui dit mieux?

On a mangé dans une certaine harmonie, avec la fumée immobile dans l'air et le babillage des mêmes oiseaux que tantôt. Rendus au dessert, esclave de mon besoin de paroles, pour rompre le silence prolongé, je me suis mise à interroger le jeune sur son avenir; avenir duquel je me foutais absolument, duquel j'étais complètement détachée, mais comme disait mère grande : «On parle pour parler»

Bref, le jeune ne savait pas trop quoi faire de sa peau. Il ne s'était même pas inscrit au Cégep. Il avait terminé son secondaire V et passerait l'année prochaine à tourner en rond, à chercher une job. Non, il irait travailler au restaurant avec ma tante Jeanne. Un moment donné, il pensait s'inscrire en électronique ou en informatique... Aveuglée par les préjugés, je l'avais envoyé sans aucune autre forme de procès, en coiffure pour dames. Des fois je me fais honte.

En tout cas, il n'attachait pas d'importance à sa carrière, il s'en fichait complètement. Je me suis même surprise à lui faire un peu de morale. Bla bla bla bla fallait tout de même finir par se brancher, bla bla bla bla on ne vivait pas de l'air du temps...

Il ne m'a pas ostiné une minute mais il est parti faire la vaisselle sans dire un mot.

Quel emmerdeur que ce flot-là.

J'ai rangé le restant des provisions, le soir continuait d'être doux et serein, les oiseaux continuaient leur galimatias et moi, mal à l'aise au milieu de cet accord céleste, je recommençais à avoir le goût de tout casser, de hurler, hurler jusqu'à en éclater puis de m'envoler, de m'enfoncer, de me perdre, de me dissoudre dans cette harmonie-là... qui elle non plus ne voulait pas de moi, me rejetait. Mon vieux désespoir me tordait le coeur, l'estomac, les boyaux :

Jean-Pierre, au secours! À moi! À l'aide!

L'écho ne me répondit même pas. Mais le jeune est revenu de la vaisselle avec sa gamelle tintinnabulante et juste le temps de la ranger, de s'allumer une menthol, est venu frapper à l'arbre le plus proche un grand type aux jeans beiges et chandail rayé vert du plus bel effet.

« Il arrivait à peine... et se demandait si nous n'aurions pas un petit peu de beurre à lui passer... il n'avait rien trouvé d'ouvert, etc., etc. »

Sur le coup, je n'ai rien flairé, c'est-à-dire que je ne me suis pas aperçue qu'il était accouru alléché par l'odeur du jeune. Je me suis laissé dire que ces mecs-là se reconnaissent entre eux leur foutu pénis leur servant de périscope sans aucun doute... mais je ne le crois pas.

En tout cas, ce type-là avait l'air d'un genre de collégien attardé; grand et mou avec une longue mèche de cheveux pâles qui lui retombait sur le nez et qu'il rejetait sporadiquement à l'arrière avec de grands coups de tête à se donner un torticolis. Après les politesses d'usage, il est parti avec un morceau de beurre enveloppé dans du papier ciré, on n'avait pas de petit pot.

Juste le temps de deux autres menthol, est revenu...

Il avait apporté sa tasse de café et s'est invité pour un bout de soirée. Même si je m'étais enfin aperçue qu'il louchait du bord du jeune, je ne l'ai bas rabroué ; un de plus ça ne serait pas de trop pour passer cette longue soirée.

Au début, ça a été pénible, lui et le jeune se sont assis le dos rond, près du feu. Moi je suis restée à l'arrière, appuyée contre un arbre à ne rien dire, à jouer la mauvaise conscience. Mais peu à peu, je nous ai pris en pitié. Je me suis rapprochée et pédéraste ou pas, il m'a fallu convenir que ce type-là avait de la conversation et de l'esprit à garrocher. Même s'il travaillait à séduire le jeune, il en mettait plus que nécessaire et m'en faisait profiter.

Disons plutôt qu'il semblait m'apprécier en tant que spectatrice et donneuse de réplique. C'était un comédien né, il racontait n'importe quoi, pondait des jeux de mots époustouflants, réussissait même à me faire rire, me donnait le goût de le relancer, de le surpasser. Le jeune riait comme un fou, frétillait comme un poisson dans l'eau claire!

On a veillé tard. On a fait bouillir de l'eau, mangé le restant de la boîte de «goglus»... puis le type est parti se coucher, sa couette sur l'oeil. J'ai gagné mon abri, le jeune le sien... Et naturellement je ne me suis pas endormie. J'ai pensé encore encore et encore il est inutile de répéter à qui et évidemment j'ai très bien entendu les craquements, le sifflement ridicule. J'ai aussi aperçu, me levant sur un coude, la lueur de la cigarette et très bien vu le jeune se glisser subrepticement hors de sa tente, se profiler dans le noir, disparaître...

Ça m'a fait mal! Je ne sais pas pourquoi, on aurait dit que le fait que ce jeune-là parte coucher avec le type, sanctionnait encore plus fortement la coucherie de Jean-Pierre avec la blonde aux fesses blanches. Je me sentais à part, hors du jeu.

On aurait dit qu'ils voulaient tous me tenir loin de je ne savais pas trop quoi, qu'ils vivaient tous une sexualité étrange à laquelle je n'avais pas accès.

Qu'est-ce qu'ils foutaient au juste dans la tente à côté? Rien que d'essayer d'y penser ça me faisait presque peur... et en même temps je me mettais aussi à avoir peu de Jean-Pierre, de ses besoins sexuels, de ses désirs. Il me devenait étranger, épeurant... Mon Jean-Pierre à moi n'avait pas besoin d'une maudite blonde, il avait juste besoin de moi, il n'était pas si exigeant...

D'ailleurs, du fond de cette tente, j'osais enfin le penser même si j'avais toujours célébré sa libido, je ne pouvais me cacher qu'après l'amour, il m'était souvent arrivé de rester insatisfaite physiquement, qu'il était parfois trop rapide... mais que je n'en parlais même pas, que je lui pardonnais en me disant que je n'en étais pas à un orgasme près, que c'était normal, qu'on apprendrait ensemble... Mais avec la blonde? C'était comment? Pourquoi tant baiser si on baisait croche? Pourquoi? Et je te baise et tu me baises et vogue la galère...

Et voilà, j'étais repartie, le repos du juste ça ne serait pas pour tout de suite! J'aurais le temps de tout revivre une autre fois, de tout repasser notre histoire, de tout me reprocher amèrement, de me maudire. Et le jeune aurait le temps de se faire baiser, pauvre p'tit gars! de rentrer se coucher silencieusement et seul... et moi le temps de ne m'endormir qu'aux premières lueurs de l'aube, emportée par les cris rauques des corneilles.

J'ai dormi longtemps, toute la sainte journée, mais ça m'a semblé tellement court. Quand j'ai repris conscience, j'ai eu l'impression d'avoir dormi dix minutes à peine. J'ai retrouvé la tente humide, le sleeping tiède, la lueur blanche du jour comme si je venais à peine de les quitter, avec le même sentiment de défaite, de découragement. Mais les corneilles ne criaient plus et sur la montre j'ai vu qu'il était trois heures... de l'après-midi évidemment.

Je suis restée allongée laissant ma pensée morne voguer monotonement au-dessus de la situation. Pourquoi vivre? Pourquoi ne pas rester allongée là indéfiniment... Dans le fond, cet accablement était confortable, pendant le sommeil la douleur s'était comme anesthésiée et je pouvais contempler la plaie, peut-être essayer de l'accepter un instant un tout petit instant... mais ça n'a pas duré, j'ai à nouveau enfourché mon cheval fou. Non, je n'accepterais jamais de me passer de Jean-Pierre. Non, je ne soignerais pas cette blessure jusqu'à ce qu'elle se cicatrise, non non. Je voulais qu'elle disparaisse instantanément! Je voulais Jean-Pierre à l'instant! Ici même!

Pas de paix pour aujourd'hui, pas de résignation.

Je suis sortie vivement du sleeping, j'ai cherché de quoi me mettre sur le dos: bon, les mêmes jeans qu'hier feraient l'affaire, juste changer de chandail. Je n'avais pas le goût d'aller passer d'autres méchants quarts d'heure à la laundromat.

Il avait dû pleuvoir une partie de la journée car tout était humide. Mais maintenant le ciel s'éclaircissait, un long rayon de soleil pâle se coulait jusqu'à moi. C'était un peu frais, mais pas désagréable. Ça sentait bon le sapin. J'ai mis un chandail de laine, je me suis assise sur le seul coin sec de la table de pique-nique et j'ai allumé une cigarette. Alors brusquement le soleil s'est mis à briller de tous ses éclats comme s'il n'avait fait que cela de toute la journée, une énorme lueur dorée et chaude. Les arbres dégoulinants rutilaient de leurs feuilles humides, les brins d'herbe aussi. Tout autour, les campeurs se faisaient encore plus rares qu'hier au soir, la tente roulotte en place sur le terrain d'à côté depuis notre arrivée était partie, le pédéraste aussi semblait-il.

Le jeune dormait toujours, des gouttes d'eau scintillaient sur le nylon de sa tente. Il dormait tard? Et moi je commençais à avoir mal à la tête: «une barre de fer qui voulait m'ouvrir le front en deux morceaux» comme disait Vovonne... Soleil pas soleil j'étais incapable de rester assise là encore longtemps, aussi bien aller prendre une douche. Je suis restée longtemps sous l'eau, longtemps pour essayer de fondre le métal de la barre à Vovonne.

À mon retour, le soleil finissait presque de sécher le camping et le jeune n'était pas encore levé. Était-il mort? Ou foutu le camp avec son grand chum?... Mais non mais non, la tente était encore là. Je me suis approchée, je me suis penchée et j'ai regardé à l'intérieur. Il était étendu mais ne dormait pas, il avait les yeux grands ouverts et fixait un point dans le vide. Il m'a regardée sans me voir, l'oeil froid, absent. J'ai dit, me sentant terriblement indiscrète :

— Je me demandais si... il est tard...

Il a tressailli, s'est assis brusquement.

— Quoi Sylvie, il est tard ?

— Non non non, reste couché si ça te tente. Je me demandais seulement...

J'ai tourné le dos et je suis partie m'asseoir sur la table.

Il est sorti presque tout de suite, avec un chandail propre lui aussi, ébouriffé, se frottant le visage.

— J'ai dormi longtemps...

Il a jeté un coup d'oeil circulaire sur le camping. J'ai suivi son regard et méchamment je lui ai dit :

— On dirait que ton chum a foutu le camp.

Il n'a pas bronché, n'a pas répondu, est seulement entré dans sa tente.

— Je vais prendre une douche...

J'ai continué de le regarder pendant qu'il marchait entre les arbres. Dans le fond il n'avait pas l'air si tapette que ça... c'était pire quand il était mal à l'aise ou gêné. Mais à le voir comme ça, avançant rapidement, le dos courbé, accablé par son destin, il n'avait l'air que de lui-même, et j'ai eu l'impression rapide et pénible que ce jeune-là non plus n'était pas sorti du trou.

J'avais mal à l'estomac, il fallait que j'avale quelque chose. Il ne restait presque plus rien dans la boîte à provisions ; une demi-livre de beurre ramolli, une moitié de pot de beurre de peanut, des biscuits sodas, trois tranches de pain moisi sur les bords, plus rien à boire. J'ai posé tout ça sur la table, maintenant j'avais mal au coeur terriblement. J'ai couru chercher un peu d'eau. J'ai bu à petites gorgées lentement et mon estomac s'est apaisé.

De loin, j'ai vu le jeune revenir de la douche, j'ai attendu qu'il s'approche encore un peu plus puis j'ai crié :

— On fout le camp d'icitte.

Il a crié lui aussi, en accélérant le pas :

— O.K.

Il s'est mis tout de suite à ramasser son stock, je lui ai offert gracieusement un sac vert pour ses serviettes mouillées.

Dans le temps de le dire, on avait cleané la place et on roulait à travers le camping pas tout à fait mais presque désert. À la sortie, j'ai fait un petit signe au surveillant, je ne lui devais plus rien, samedi j'avais payé pour trois jours.

J'ai pris la grande route qui filait tout droit : Adieu Cabano ! Adieu pauvre Cabano qui restait collé avec un morceau de mon âme en lambeaux !

X

Le jeune continuait de se taire mais il avait quand même ouvert la radio et tournait le bouton de temps en temps, sans trop de conviction. Après un bout de temps, il s'est mis à croquer des biscuits sodas recouverts d'une épaisse couche de beurre de peanut.

Et moi je conduisais sans le moindre enthousiasme, avec ennui. Je roulais parce qu'il le fallait... vers je ne savais même pas encore où. Je roulais sur cette première route venue parce qu'il n'y avait rien d'autre à faire, pas d'autres solutions, pas de place pour moi sur la terre. Mais le coeur n'y était plus, j'étais dégrisée. Le fol élan qui m'avait poussée sur la route avait perdu de sa fougue. Il fallait fuir, fuir absolument! Mais je n'avais envie d'aller nulle part.

Le «trip» se compliquait! Ce n'était pas si simple que ça de me prendre pour Dean Moriarty. Trop pognée! Pas assez forte sur la gnôle!

Puis le jeune est sorti de sa torpeur, a baissé le volume:

— Comme ça, tu vas faire le tour du Nouveau-Brunswick!

— Le tour du N.B.!

Le tour du N.B.! Qu'est-ce qu'il allait chercher là? Qu'il m'énervait donc! De quoi il se mêlait? Je ne voulais pas tourner autour du N.B. Pas une miette... Je n'étais pas Crésus!

Voyons donc! Le tour du N.B.!

Mais il avait raison, le N.B. était tout près. On y entrait à l'instant. Je comprenais mal, pour moi le N.B. était ailleurs, dans le bout de Carleton. J'y étais déjà allée avec Pauline et une autre fille... Mais faut dire que jusqu'à maintenant, en voyage, j'avais toujours été celle qui laissait les autres s'occuper du trajet. Celle qui pendant qu'ils discutaient de la route à parcourir, se désintéressait complètement de l'affaire et profitait de cet arrêt pour contempler le paysage, aller aux toilettes ou bâiller tout simplement, les pressant d'une voix ennuyée «de se grouiller si vous voulez qu'on aboutisse quelque part à soir».

BIENVENUE AU NOUVEAU-BRUNSWICK

C'était vrai et il n'y avait rien d'autre à faire que de me garer près du kiosque d'informations touristiques. Je me sentais coincée, prise au piège. Dans le fond je ne voulais pas trop m'éloigner, pas tant que ça... l'argent filait drôlement...

— Passe-moi ta carte.

— Pour moi, ça va t'en prendre une du N.B.

— Ça je le sais. Passe-moi celle-là, je veux savoir où je suis rendue.

Il me l'a donnée puis est descendu de l'auto.

— Je vais en chercher une du N.B.

J'ai étalé la carte sur la table de pique-nique et j'ai aisément retracé Rivière-du-Loup puis Cabano et oui oui oui ce n'était pas si compliqué que ça, la frontière du N.B.

Le jeune est revenu les mains pleines :

— J'ai apporté une carte du Canada aussi puis des guides...

— Tu exagères...

La table entière était recouverte, il voyait bien que je ne savais trop quoi faire, pas trop où aller, que ma frénésie s'était tarie mais il se taisait... et il faisait bien!

Cependant, en me donnant un peu la peine de me concentrer sur toutes ces bouts de ligne, j'ai fini par saisir les méandres de ma situation géographique et découvrir les possibilités qu'elle m'offrait : d'abord je pouvais continuer sur ma lancée et comme l'avait dit le flot, faire le tour du N.B., me retrouver en Gaspésie. Mais je le savais déjà, il n'en était pas question, c'était beaucoup trop long, beaucoup trop cher.

D'autre part, je pouvais remonter un peu pour atteindre la vallée de la Matapedia, la traverser et revenir sur mes pas mais ça ne me tentait pas trop, il y avait déjà Jacqueline Vallée et d'autres, je le pressentais, qui sillonnaient les routes dans ce coin-là et je n'étais pas d'humeur à faire des rencontres surprises!

Finalement je pouvais rouler un bout, histoire de voir de quoi avait l'air ce coin du N.B. puis, à un moment, me rendre à la frontière américaine, parcourir une partie du Maine et me retrouver dans la Beauce. Ce dernier trajet me plaisait assez; il m'emmenait hors des grands circuits touristiques, dans des régions qui n'étaient pas tellement éloignées mais qui m'intriguaient un peu parce que je ne les connaissais pas et qui me ramenaient vite au Québec vers les Caisses Pop.

De plus, une fois en Beauce où je pourrais camper quelques jours, je ne serais plus qu'à quelques heures de Montréal et, c'était parfait, à quelques heures de plus de Mont-Laurier et de St. Alexis!

Car je le savais déjà, je l'avais toujours su mais à l'instant même ça devenait miraculeusement clair comme de l'eau de roche, que je me trouverais à St. Alexis vendredi soir prochain à neuf heures pétantes!

Oui oui à St. Alexis! À la maison même! Debout sur la galerie, bien appuyée contre le poteau. Debout en chair et en os, à tirer nerveusement sur ma cigarette, le coeur battant cent fois pire que la chamade, me préparant à répondre à Jean-Pierre qui arrivait à l'instant même et s'en venait vers moi, vivant, grand, sombre et poignant sur les dernières lueurs rouges du jour…

à répondre :

— Salut, ça va?

...mais d'une drôle de voix, une voix inquiétante qui devrait le faire tressaillir! La voix de Dieu à Caïn, qui devrait accélérer son pas pour venir voir au plus vite de quoi il retournait. Et après, comment je le déjouerais, comment je le coincerais, comment je le quitterais, comment... comment... On verrait, il me restait quatre jours pour tout machiner, pour élaborer mon plan d'attaque... mais avant tout, je savais que je serais là!

Subitement cette certitude me changeait tout l'univers! Les nuages gris s'entrouvraient sur une craque de ciel bleu. Le coeur me gonflait de joie, c'était incroyable! Et si simple! Je serais là-bas vendredi, je le pouvais! Et Jean-Pierre y serait aussi! Il l'avait dit. S'il n'avait pas voulu, il aurait trouvé un bon prétexte, un congrès par exemple! Il y serait! Je le verrais!

Bien sûr ça ferait mal, bien sûr je serais de nouveau blessée à mort. Mais tant pis, tant pis, je le verrais! J'étais acupunctée!

Enfin il y avait une place pour moi sur la terre!

J'y serais vendredi soir, debout sur la galerie, à neuf heures tapant. Vendredi soir seulement car d'ici là je n'avais rien à faire, ni rien à expliquer à personne à St. Alexis.

Ni ailleurs d'ailleurs.

Le jeune était parti aux toilettes, j'en ai profité pour fouiller dans mon sac vider les enveloppes, récupérer les derniers billets, les compter les recompter. Ça n'a pas pris une éternité, il y en avait peu. J'avais beaucoup dépensé, beaucoup trop dépensé mais tant pis! Je ne voulais pas m'arrêter, réfléchir, cogiter le fait qu'en même pas deux semaines, j'avais flambé le budget de toutes les vacances et que pour continuer ma promenade, je dilapiderais une bonne partie du restant de mes économies qui ne moisissaient pas à la Caisse Pop. Qu'en rentrant en ville, il ne me resterait plus un kopeck, alors que mes dépenses iraient en augmentant puisque je devrais déménager, racheter des meubles (pourquoi avais-je distribué mon ameublement à tous et chacun!) et que je devrais inévitablement contracter un nouveau prêt personnel alors que le dernier n'était pas encore complètement remboursé.

Mais je n'ai pas poursuivi plus loin, d'un claquement de la fermeture du sac j'ai chassé ces pensées malsaines. Je ne voulais rien savoir! Rien. Vendredi je le verrais, la vie s'arrêtait là, l'après n'existait pas.

— Quoi quoi?

Le jeune bourdonnait quelque chose.

— Qu'est-ce que tu dis?

— Je disais juste qu'il commence à être tard…

— Tard?

J'ai jeté un coup d'oeil sur ma montre.

— Tard… ouais… six heures…

J'ai soupiré, hésité. Il était tard effectivement surtout quand on pensait qu'il y avait au moins cinq bonnes heures de route pour se rendre là-bas et qu'on n'avait pas encore mangé.

Oui tard, il faudrait si on partait ce soir, rouler de noirceur, arriver on ne savait pas au juste où en pleine nuit et ça ne me tentait pas plus que ça. Je ne connaissais pas la route. Sur la carte, ça semblait assez sécurisant tous ces petits traits de couleur qui s'entrecroisaient, mais je me méfiais des grands bois du Maine et d'une panne dans le noir à je ne sais combien de milles de toute habitation brr brr…

Le jeune attendait que je me décide en soufflant sur sa fumée à la menthe.

Tout bien pensé, il n'y avait rien qui me pressait. D'ici vendredi il n'y avait que du temps à tuer. Dormir ici ou là-bas… J'ai réintégré le volant, le jeune sa place habituelle, et on s'est remis en route pour quelques milles seulement, le temps de trouver une épicerie ouverte et un camping pour la nuit. Tout en feuilletant le guide des gîtes touristiques, il a recommencé à croquer ses biscuits sodas au beurre de peanut, je l'ai aidé à finir la boîte ; pas mauvais, bourratif mais chec au possible!

Au coeur d'un petit village encore francophone, j'ai repéré l'épicerie ; tout près, une pancarte annonçait le camping au prochain tournant. On a acheté du *Seven up* qu'on n'a pas attendu pour boire, du corned beef, du pain, des grosses oranges, des toasts melbas, du fromage, des tomates, des gâteaux, du jus, du chocolat et des cartes postales. En admirant ces dernières sur leur support métallique, je me décidai enfin à penser à Pauline que jusqu'ici j'avais chassée pas mal loin parce que je ne pouvais même pas supporter l'idée de l'imaginer! D'imaginer la tête qu'elle ferait lorsqu'elle apprendrait la bonne nouvelle, celle que Jean-Pierre et moi, moi et Jean-Pierre etc. D'imaginer sa désolation, sa pitié, sa compassion...

Pour le moment, c'était différent, je pouvais m'accorder un sursis puisque l'échéance était retardée, je pouvais devenir raisonnable et affronter Pauline sur une carte postale. Il était évident que j'aurais dû lui envoyer des nouvelles avant ; son coeur de mère devait s'alerter. Tant pis pour elle. Elle le méritait bien avec son beau Robert si parfa! J'ai choisi une scène de pêche, c'est ce qu'il y avait de moins laid. Le jeune s'est rabattu sur une de camping ; toute tapette qu'il était, il devait tout de même avoir des parents là-bas qui attendaient de ses nouvelles.

Le camping était rempli d'Américains laids mais souriants et en bonne santé. En faisant semblant de ne pas les voir, on a mangé vite et froid et une fois installée avant que le soir ne tombe, je me suis assise à la table avec la carte postale, un crayon et une enveloppe à budget vide comme brouillon.

J'écrivais, je raturais.

«Allo Pauline... Allo Pauline Allo Allo... beau temps... Il fait beau... je me promène...Ça change les idées...»

De l'autre côté de la table, le jeune aussi travaillait sa prose, réfléchissait, les yeux dans le vague. Juste avant qu'on n'y voit goutte, je me suis décidée, en écrivant en gros caractères, pour :

«Allo Pauline! Ça va?

Il fait beau.
Comme tu vois je me promène
au Nouveau-Brunswick. Je reviens vendredi.
Bonjour à Robert et aux autres.
        À tantôt, Sylvie. »

Il faudrait que je poste cette carte demain matin sans faute! Et encore peut-être rebondirait-elle là-bas en même temps que moi ou deux jours plus tard.

Dans la pénombre, le jeune se décidait à son tour. Il écrivait rapidement et à la fin, tout près de sa signature, je l'ai vu tracer trois gros «X» pour trois gros becs.

C'était un bon enfant!

Le soir était tombé tout doux, tranquille et les Américains se couchaient. J'ai parlé d'aller faire un tour histoire de passer le temps, d'écouter de la musique et d'acheter de la crème glacée. Le jeune s'est précipité dans l'auto. La perspective de rester allongé dans son sleeping moite à fixer un point dans le noir, tout en écoutant ronfler les Amerlos, ne devait pas lui sourire à lui non plus.

J'ai mis le contact et la radio s'est mise à hurler. Dans le coin, les ondes américaines entraient en se bousculant et résonnaient à l'intérieur de l'auto, claires et puissantes comme le son de la disco sur une piste de danse chromée.

Tout au long de la promenade, les vieux succès de ma jeunesse pas assez folle n'ont pas arrêté de se succéder et de me torturer de leurs notes lourdes et poignantes. Quand les «Led Zeppelin» ont vocalisé leur maudit «Stairway to Heaven», j'ai failli mourir de nostalgie de tristesse d'amour de mélancolie d'ennui de frustration et j'en passe, même si finalement je ne comprenais pas grand-chose à ce qu'ils racontaient, quelle sorte d'appel ils lançaient... mais mon instinct le savait lui!

Ma vieille douleur, tous mes faux espoirs, mes cris, mes supplications me remontaient à la gorge et ma pauvre solitude se remettait à tourner dans le beurre. J'appelais Jean-Pierre de toute mes forces et l'air trop doux qui entrait par la vitre ouverte, toute cette musique! Le ciel noir, les étoiles derrière, les arbres, la terre qu'on ne voyait pas mais qu'on respirait, me devenaient insupportables. Ils étaient si proches de moi et si éloignés en même temps...

Au secours! Au secours! Accrochez-moi quelqu'un! Lâchez-moi une bouée de... une corde... quelque chose! Accrochez-moi!

Naturellement pas de réponse. Rien que le jeune aussi pogné que moi et qui se taisait plus que d'habitude.

Tant pis. Les discs jockeys jasaient beaucoup avec un débit très rapide et une fois ma crise passée, la vague des «Led Zeppelin» refluée, regonflée de mon espoir avarié, je me suis remise à observer cette craque de ciel bleu où j'apparaissais sur le bout de la galerie, auréolée de fumée rose.

Plus tard, quand écoeurée de virailler l'âme éparpillée dans cette nuit suave, je suis rentrée me coucher, j'ai sombré immédiatement dans un mauvais sommeil agrémenté de cauchemars violents aux couleurs vives et exténuantes. Je me souviens du dernier:

J'étais assise chez Yvon et Vovonne, les jambes pendantes sur le bord du balcon, un bloc carré de béton avec trois marches sur le devant... un p'tit maudit perron où on pouvait à peine loger une chaise pliante. Bon, j'étais assise et je trouvais le ciment rugueux; j'essayais de me lever de là et je m'apercevais que le perron était suspendu au-dessus de l'abîme. J'étais terrifiée. En rampant, j'essayais d'atteindre la porte pour pénétrer à l'intérieur mais il n'y avait plus de porte... ou plutôt une ouverture minuscule hors d'atteinte. Je comprenais que je n'y arriverais jamais. Alors le perron lui-même se mettait à bouger, à se pencher sur le vide, à essayer de se débarrasser de moi. Je m'agrippais à la dernière marche... et je dégringolais!

Classique comme cauchemar...

Je m'éveillai, affolée, dans la tente éblouissante, étouffante de soleil, hagarde, le coeur à la débandade trempée en navette, au bord de l'asphyxie, je retrouvai la réalité. J'envoyai promener le sac de couchage, j'arrachai mon t-shirt mouillé et je cherchai fiévreusement jusqu'au fond de la valise ma robe soleil froissée. Je l'enfilai et je me précipitai hors de la tente.

Mais c'était aussi pire qu'au-dedans, le vent brûlant et le soleil m'écrasaient, m'asséchaient. Tout étourdie, en me protégeant les yeux, j'allai chercher un peu d'ombre sous l'arbre le plus proche... et je m'aperçus que la tente du jeune n'était plus là! J'avançai de trois pas sur le sable incandescent, j'examinai les alentours. Personne... Un trou... Le vide.

Je regagnai l'abri sous l'arbre : quelle merde que cette chaleur de fou! J'attendis un peu puis je refis quelques pas sur le sable et j'appelai : Youhou.

Les Américains, deux terrains plus loin, qui dînaient le dos rond à la table de pique-nique, se retournèrent... Je me tus.

Parti... Il devait être allé rejoindre son chum à la couette. Peut-être avaient-ils convenu d'un rendez-vous... c'est pour ça qu'il se taisait hier soir...

Tant pis.

Tout de même... Quel ingrat! Il aurait pu me faire ses adieux, m'avertir... Bof, tant pis encore une fois. Je me débrouillerais seule. Faudrait que je m'y fasse. On m'abandonnait facilement, aussi bien m'habituer. J'avais mal à la tête... et soif. Je me suis appuyée contre l'arbre. De l'eau! de l'eau! Je vois noir...

— Sylvie, t'es levée! Je m'en venais te réveiller... C'est la troisième douche que je prends depuis que je suis debout.

Je n'ai pas sursauté mais j'ai presque eu un mouvement de joie en entendant sa drôle de voix, en l'apercevant, frais, humide, dispos et joyeux dans son chandail bleu ciel.

— Tiens t'es là, toi! Je te croyais parti... Seigneur qu'il fait chaud, une vraie chaleur de fou... J'ai une de ces soifs!

— Parti où ça?... J'osais pas te réveiller. C'est la troisième douche que je prends depuis à matin. J'ai déjeuné, démonté la tente, tout est prêt...

— Bon, parfait, je vais me doucher et on part.

— Veux-tu que je m'occupe de ta tente?

— Si t'en as envie… Attends, je vais sortir mes bagages…

Je suis restée longtemps sous l'eau tiède, le temps de me remettre de ma nuit et de mon réveil torride. Une fois rafraîchie, j'ai commencé à me sentir mieux; dans le fond, tout n'allait pas si mal… La bonne nouvelle de la veille m'est revenue en tête, je m'en suis délectée un bon moment, je l'ai retournée en tout sens. Vendredi je verrais Jean-Pierre, vendredi! Puis je n'aurais pas à rouler seule dans les grands bois du Maine puisque le jeune n'avait pas foutu le camp avec le pédéraste… Désaltérée, claquant délicieusement des dents, j'ai enfilé ma robe soleil sans même m'essuyer, ça me garderait fraîche un bout de temps.

Le jeune finissait d'enfourner le stock dans le coffre arrière. J'ai pris une orange, un morceau de fromage huileux, des toasts melbas et avec les cheveux qui me dégoulinaient dans le dos, je me suis installée au volant. Je mangerais en roulant.

XI

Maintenant mon gros char roux filait sur l'autoroute qui ressemblait à toutes les autres, Nouveau-Brunswick ou pas, les vitres grandes ouvertes avec le vent brûlant qui nous tirait les cheveux en grondant. Le jeune se débattait avec la radio et la carte géographique ouverte sur ses genoux.

— Regarde Sylvie, l'autre côté c'est les États-Unis... Regarde Sylvie, regarde l'autre bord, c'est les États-Unis, les vrais.

— T'es certain de ça?

— Oui oui, on le voit sur la carte.

— Eh ben...

Mais les U.S.A., je m'en foutais un peu. L'oeil sur la route ramollie, j'organisais plutôt ma fin de semaine, notre rencontre fatidique. Je passais de l'orgueil le plus démesuré à l'humilité la plus rampante. Je lui flirtais outrageusement au nez avec le chum à Nicole ou avec celui à Judith (comme si j'avais déjà eu le courage de flirter outrageusement avec qui que ce soit) et à lui, le grand Jean-Pierre je portais à peine attention. Je l'i-gnorais des grands bouts de temps et la nuit venue, pendant qu'il piaffait au pied de l'escalier, je ne venais plus à bout de monter me coucher : pour une maudite belle grosse fois je le battais à ce jeu-là.

Ou encore je faisais l'hypocrite, je l'accueillais cérémonieusement, comme d'habitude folle d'amour, baisant la trace de ses pas ; je me faisais faire l'amour à outrance et le dimanche soir, les yeux noircis, je lui annonçais froidement que je rompais, qu'au cours de la semaine j'irais chercher mon stock, mes beaux posters, que tout était fini. Adieu Casanova!

Cela naturellement au cas où il n'attaquerait pas le premier, au cas où il ferait comme si de rien n'était, comme s'il n'y avait pas de vraie blonde. Sinon... sinon j'avais peur de ne jouer que mon propre rôle; de lutter stoïquement pendant ses premières paroles de rupture puis de me répandre bêtement en grosses larmes rondes, essayant de lui dire avec des accents pénibles au travers des sanglots ce qu'il ne voudrait pas entendre, de m'accrocher à lui pendant que d'un air ennuyé, me tournant le dos, il fricoterait pour trouver des allumettes.

C'était trop horrible! Non. Il fallait que je m'endurcisse, que j'utilise ces dernières journées à me tricoter une cotte, il le fallait! Que je me tienne debout!

Que je me pratique à le regarder froidement, à lui parler sèchement, il le fallait! Et en jetant un autre coup d'oeil sur les rives verdoyantes des U.S.A. de l'autre côté, je me le répétais. Mais j'avais la tête dure, je ne savais que revenir à la même image : moi-même debout sur la galerie, appuyée contre le poteau avec ma cigarette et lui, se dressant sur les dernières lueurs du jour. À cet instant-là il serait à moi! Juste pour quelque secondes, mais à moi! À moi un merveilleux instant. Rassérénée, je revenais à l'auto et au vent, à la musique, du vieux rock des années soixante, sous le soleil c'était plate, triste et pénible. Ça me rappelait mes deux soeurs qui dansaient dans le salon avec leurs chums, leurs bas de nylon, leurs robes godées pendant que je lisais des *Sylvie* dans la cuisine.

— «Pretty woman walkin down the street» beurk beurk. Y a rien d'autre? Pourtant hier soir...

— Juste du western.

— C'est pas drôle... Ah non non non pas «green door». Il fait pourtant assez chaud comme ça. (Une porte verte collante avec des mouches plein le grillage).

— Sylvie as-tu soif?

— Ouin on va arrêter quelque part... Va falloir lâcher l'autoroute.

Une petite halte pour acheter des liqueurs glacées et chacun un popsicle aux cerises.

Puis la route encore, le soleil, le vent, le vieux rock.

— Ouais, on va savoir d'où elles viennent les pétaques! Oui madame.

Elles s'étendaient à perte de vue en belles grandes rangées vertes ordonnées inattaquables, les bibittes pouvaient aller se rhabiller. Le vieux rock rockait.

— Pitié, pitié, j'en peux plus... Ferme ça.

J'étais tannée, j'avais chaud terriblement, mais il fallait rouler quand même. La route était remplie de mirages, des grandes flaques d'eau lisse et surnaturelle qui disparaissaient dès qu'on les frôlait de trop près. Le jeune bâillait, essayait de dormir.

— Dors pas, c'est trop plate.

Il a soupiré mais n'a rien dit. Patient hein? ...a déplié la carte une autre fois.

— Dans une vingtaine de milles on est à la frontière.

— Bon, tant mieux, je commence à l'avoir assez vu, le haut du N.B.

— On pourrait bouffer avant de traverser.

— Ouais, bouffer...

Dans un immense parc beaucoup trop grand, par mesure d'économie avec les restes surchauffés de la veille, on s'est confectionné des sandwichs tomate fromage, arrosés de *Seven up* glacé qu'on venait d'acheter. Pour dessert, le demi-sac de biscuits mous à la guimauve; guimauve et *Seven up*, quel heureux mélange!

En repartant, il a fallu une fois de plus aller faire le plein et voir filer les gros billets.

Une fois à la douane tout s'est passé vite et bien ; un regard distrait sans plus... un petit signe de main. Ces incognitos au visage énigmatique avec leurs lunettes fumées et leurs casquettes ne m'ont même pas demandé mon permis de conduire que je tenais tout prêt, n'ont rien fouillé du tout, moi qui m'attendais à vider mes valises. C'en était presque décevant. La vie c'est comme ça, on se fait des idées et on se trompe à tout coup.

Une fois sur l'autoroute avec la limite de vitesse à cinquante-cinq milles à l'heure, on a eu l'impression de piétiner, de rouler deux fois au même endroit, de s'enfoncer doucement dans des espèces de limbes pires que les vrais ; parce que les vrais sont tièdes et décolorés et qu'ici le soleil tapait dur sur l'asphalte noir. Des fois on se faisait audacieusement dépasser à soixante milles à l'heure et on redépassait témérairement à soixante-quatre, l'oeil aux aguets. Au début ça pouvait présenter un certain côté divertissant, mais après une heure c'était gazant, hypnotisant à souhait. Même Jean-Pierre et sa blonde déjà gonflée ne m'atteignaient plus, flottaient au-dessus de mes pensées mornes et floues.

Mais St. Christophe veillait ! Un peu plus tard, alors qu'envoûtée, à moitié endormie, je tournais mollement le bouton de la radio que le jeune désabusé avait abandonnée aux voix langoureuses d'un groupe western ; entre un vrombissement d'avion, coupé de sifflements supersoniques sous le ciel qui mais oui commençait à se couvrir, j'ai mis le doigt, si on peut dire, sur un concert blues ! Oui une grosse jam super réchauffée torréfiée brûlante roussie d'après minuit avec des cris et des applaudissements entre chaque morceau.

Ouais, du bon gros blues bien gluant, bien étirant, sur la grande autoroute plate et chaude. La musique jaillissait, s'enflait et filait jusque loin derrière l'auto, allait s'enrouler autour des arbres assoiffés.

Le jeune est sorti de sa léthargie, s'est redressé :

— Qu'est-ce que c'est ça ? Du blues ?

— Oui missié, du blues ! Du vra gros blues.

Que demander de plus?

Et on s'est fait gâter! Il y en a eu longtemps longtemps...
jusqu'à ce qu'un orage éclate. Jusqu'à ce que le tonnerre, le
vent, les éclairs viennent brouiller les ondes de craquements et
de pétarades inquiétantes, me fassent tourner le bouton d'une
main prudente et nous fassent remonter les vitres. À l'extérieur, le décor changeait drôlement vite, les arbres surpris,
échevelés, se pliaient en deux, des trombes d'eau voyageaient
affolées à travers le ciel, hésitant encore avant de s'abattre.
Quand elles se sont décidées, il a fallu ranger l'auto sur le côté
de la route pour les laisser passer.

C'était épeurant mais au fond on était bien contents; fini
le soleil de plomb qui écrasait, aveuglait, donnait mal à la tête.

Un peu de fraîcheur enfin! Merci mon dieu.

En fumant, en écoutant la pluie qui grêlait sur le toit,
balayait les vitres, nous enfermait derrière un mur liquide, on a
attendu que le gros de l'orage passe. J'ai eu tout le loisir
d'examiner la carte et d'ostiner le jeune qui connaissait le trajet
dix foix mieux que moi.

Quand les arbres se sont redressés, que la pluie s'est mise
à tomber avec moins d'éclat, j'ai démarré en faisant voler l'eau
des ruisseaux qui s'écoulait joyeusement en travers de la route.
Le jeune me guidait, la carte ouverte sur les genoux : s'agissait
de ne pas se ramasser à Old Orchard. On était d'ailleurs sur le
point de quitter cette autoroute de tortue pour emprunter une
route secondaire qui nous amènerait vers Jackman, vers la
frontière.

Cette petite route étroite qui sinuait entre les arbres, me
donnait après ces heures de ligne droite une sensation de
liberté et d'exotisme. Sensation fugitive cependant, car à
mesure que je m'enfonçais sous le ciel gris et la pluie fine dans
cette forêt trop verte qui n'en finissait pas... du bois du bois, de
temps en temps une bâtisse solitaire délabrée et surtout pas
une seule âme vivante dans le décor, je trouvais le coin de plus
en plus sinistre. Je m'inquiétais.

— Es-tu certain qu'on est sur le bon chemin... Qu'on ne s'est pas trompé?

— Mais non mais non, regarde!

— C'est bizarre comme coin, bizarre tu trouves pas. Personne, juste du bois...

— Ça serait pas le temps d'avoir des troubles mécaniques...

— Non pas le temps...

Et même la radio qui ne jouait plus. Juste des grouillements d'ondes... Mais après un bout de temps, avec soulagement on a traversé quelques agglomérations qui se cachaient derrière de grands arbres, des vieilles bicoques mal colorées et trop vastes, en ruines. Pourquoi si spacieuses, si vieilles? Et qui les habitaient? Des Américains? Ceux qu'on voit dans les rues de Québec, au cinéma à la T.V.?

Non sûrement pas. Dans les rues de Québec est-ce que ça se pourrait? D'un côté, ça expliquerait leur drôle d'allure...

Il continuait de pleuvoir, pleuvoir, la route était longue, mais mon bon vieux bazou continuait de ronronner, intrépide, insensible à l'eau qui lui giclait de partout, reprenait courageusement le bois noir.

Entre les arbres, des panneaux assez impressionnants ne finissaient pas d'annoncer la montagne de la Big Squaw, mais on ne l'a pas vue, trop haut cachée! On a tout juste réussi à admirer entre les branchages des bouts du panache de la tête d'un orignal.

Puis on a filé à travers Jackman et je ne sais plus quel autre bled également délabré, verdâtre et grisâtre. Mais on n'en avait cure, la frontière n'était plus bien loin. Une chance parce que le niveau de l'aiguille à essence commençait à devenir inquiétant, il l'est d'ailleurs resté puisqu'il n'y avait là pas la moindre goutte de pétrole, mais des gars qui avaient enlevé leurs verres fumés et qui ne rigolaient pas avec le métier. Ils nous ont fait ranger puis invités à l'intérieur à cause de la pluie. Ils nous ont fouillés d'un bout à l'autre, ont fait sortir tout le stock, dérouler les sacs de couchage, vider les sacs verts. Je n'avais pas prévu cette dernière opération et je n'ai pas trouvé ça tellement folichon de voir ma petite culotte pas vraiment souillée mais un peu, voleter sous le nez de ces étrangers.

Bien entendu, ils n'ont rien trouvé. Que cherchaient-ils? Et nous ont laissé repartir avec l'assurance qu'il y avait de l'essence à Armstrong, une vingtaine de milles plus loin. Vingt milles de bois, encore du bois, qu'on a roulé, le souffle court, avec une boule dans la gorge et en tête la triste perspective d'une panne sous la pluie sur cette route déserte. Mais cette fois-ci encore, St. Christophe ne nous abandonnait pas. On s'est rendu!

Il pleuvait terriblement à Armstrong, terriblement sur les deux trois maisons, sur l'hôtel motel moche, la boutique de souvenirs, le magasin général et les pompes à essence contre lesquelles je suis venue me frôler et m'arrêter...

On ne moisirait pas longtemps ici!

Il était huit heures du soir. Il n'était évidemment pas question de camper sous cette pluie diluvienne; mais pour le moment on pouvait toujours aller manger quelque part... Le jeune dépliait sa carte mais moi, je voyais le panneau routier:

Terminus Linière.

Linière ruisselait, en quelques éclaboussements on en a fait le tour. On ne risquait pas d'asperger les passants il n'y en avait pas, l'orage les gardait tous blottis devant leurs télés.

Au deuxième tour, on s'est arrêtés au restaurant pas plus grand que prévu mais c'était nouveau, éclairé aux fluorescents. Il n'y régnait pas grande animation, cinq six clients ternes qui s'ennuyaient au comptoir devant les miettes de leur morceau de tarte, la télévision qui leur faisait la conversation et la serveuse qui fixait un point ennuyeux. On leur faisait un petit divertissement, d'un regard discret ils nous ont suivis jusqu'à la dernière table près de la fenêtre où il faisait un peu plus sombre et d'où on voyait très bien les gouttes ricocher sur le dos de notre courageuse monture.

Très vite la serveuse s'est amenée avec son torchon, ses napperons en papier et son coup d'oeil par en-dessous. Sans faire d'histoires, sans même jeter un regard sur le menu, on a commandé une bonne soupe aux tomates chaude, un verre d'eau, des clubs sandwichs, du coke frappé et du gâteau maison *Duncan Hines* avec de la crème glacée.

Le gros lunch!

... Qui nous a mis de bonne humeur, le jeune encore plus que moi... en autant, bien entendu, qu'on ne lui parlait pas de ce type hein si spirituel avec une grande couette sur l'oeil. De bonne humeur même si on voyait bien qu'il tomberait les mêmes hallebardes toute la soirée et une bonne partie de la nuit et qu'il serait inutile de chercher un camping. Mais le camping ne me tracassait plus, j'avais mijoté une idée banale et facile sur le sujet, une idée simple qui me laissait l'esprit au repos, me donnait la chance de m'apercevoir que le restaurant, malgré les fluorescents et les clients aux yeux brillants, n'en demeurait pas moins un bon endroit sec, que les frites étaient brûlantes et le bacon croustillant entre les feuilles de salade. J'en cuisais presque dans mon jus. Mais ça n'était pas vraiment à cause du camping et du reste, un fait important et nouveau s'était produit subitement sans que je m'en aperçoive; Jean-Pierre avait cessé de s'ébattre avec cette maudite blonde sur notre lit ou ailleurs! Maintenant il se tenait bien sagement immobile dans un coin de ma tête, attendant lui aussi vendredi soir neuf heures. C'était tellement reposant de le savoir là, sage et seul, que le coeur m'en était confortablement revenu à son soixante-douze régulier.

L'auto chatoyait sous le réverbère et nul doute qu'on traînerait ici autant qu'on pourrait, reprenant du gâteau maison, commandant un thé, un verre de lait, cherchant un bon morceau sur le juke-box, regardant un peu la télé, parlant de rien, de çi de ça... jusqu'à ce que les clients partent l'un après l'autre, que la serveuse vienne nous essuyer la table sous le nez et coure nous attendre derrière la caisse.

Pour réussir à payer sa facture, le jeune a fait tinter ses dernières pièces de monnaie et moi, j'ai jeté un dernier regard faussement indifférent sur mon ultime billet de dix.

De toute façon le camping, on n'avait pas les moyens de se le payer. La pluie tombait violemment, en frissonnant on s'est engouffrés dans l'auto humide et le moteur a gémi longtemps avant de se décider à toussoter. Pour me faire oublier de la maudite serveuse qui nous épiait par la fenêtre, je suis partie faire un tour mort à la sortie du village... et dix minutes plus tard mon char fantôme revenait subrepticement, tournait autour de l'église une seule fois mais efficacement et mine de rien, se garait contre son flanc de pierre. Ici, tout près de notre sainte mère, on dormirait en paix!

Le jeune rigolait :

— Dans le fond, on sera pas si pire...

Du presbytère on ne nous voyait pas, du village à peine... De plus, personne ne viendrait flâner par ici sous cette pluie diluvienne. À la radio, la station locale, la seule qui rentrait sans craquements et galimatias, diffusait, branchée sur Radio Canada, le concerto Brandebourgeois. J'ai éteint le moteur mais laissé le contact pour garder cette musique légère qui décuplait l'espace pris entre les parois de l'auto et le déployait très haut, très loin, jusque derrière la pluie et les nuages.

On a écouté sans dire un mot, en fumant... puis le jeune s'est sacrifié et est allé dans le coffre chercher les sleepings et les sacs de linge sale qui nous serviraient d'oreillers. Après au moins une demi-heure de tâtonnements, le concerto était terminé et l'auto avait repris ses dimensions normales, on a réussi à s'installer, à s'allonger plus ou moins confortablement après avoir discrètement enlevé nos jeans.

Une fois le plafonnier éteint, il faisait drôlement sombre. Mais le mur de pierre s'élevait rassurant et il y avait la lueur, l'odeur des cigarettes. Le jeune essayait de jaser, de m'aiguillonner sur un de mes sujets favoris, il avait compris le truc, mais je ne l'encourageais pas, je conversais plutôt avec Jean-Pierre. Je lui disais des conneries, qu'on aurait été bien ensemble, lui à la place du jeune, à se parler par-dessus le siège... à se parler! Au fond, il ne m'avait jamais rien dit! Qu'est-ce que je savais de lui? Qui était-il?

Vendredi ou samedi, usant de mon droit de condamnée à mort, comme ultime faveur, je lui demanderais qu'on aille faire un tour ensemble. Rejetterait-il cette idée du revers de la main? M'enverrait-il me faire cuire un oeuf?

Tanné de parler tout seul, le jeune s'était endormi, il ronflait un peu. J'ai éteint ma cigarette et je me suis assise pour vérifier si les portières étaient bien verrouillées... j'ai regardé la nuit noire, écouté encore tomber la pluie puis j'ai attendu le sommeil. Comme Jean-Pierre me manquait, me manquait! J'avais tellement envie de lui mais même seul et immobile dans ce coin de ma tête, il n'entendait pas l'appel, demeurait muet et froid, refusait de se laisser prendre, de venir s'étendre sur moi. Je me suis éveillée plusieurs fois pendant la nuit. À un moment, dans le petit jour naissant, j'ai vu des pans de brume naviguer doucement autour de l'auto puis j'ai reconnu les pierres grises et humides du mur de l'église. Je me suis pelotonnée dans le sleeping et me suis rendormie.

Plus tard, quand j'ai ouvert les yeux pour de vrai, la brume était encore là mais seulement parce qu'on était dans un coin d'ombre; plus loin, sur le village, le soleil brillait, chaud sûrement. Il était sept heures du matin, juste le temps de partir d'ici avant que le curé lui-même s'amène ou le bedeau, ou quelques commères... J'ai remis mes jeans, j'ai ouvert la portière et je suis descendue en frissonnant pour secouer mon sleeping. Tout était frais et humide autour. Le jeune s'est réveillé.

— Mon doux Sylvie, t'as l'air pressé ...Qu'est-ce que tu fais là?

Il bâillait.

— Hummm on dort pas si mal là-dedans et ça coûte pas cher! Brr. Il fait froid...

— Vite, vite, sors de là, dépêche-toi avant que le village soit tout levé!

— Où est-ce que tu veux qu'on aille à sept heures du matin?

— On verra.

À sept heures quinze, les vitres grandes ouvertes, au son d'une samba matinale et endiablée, on roulait au beau soleil sur l'asphalte humide de Linière, vers un camping où on ne s'arrêterait pas parce qu'on n'avait toujours pas d'oseille, il n'en pousse pas pendant la nuit; mais en attendant l'ouverture des Caisses Pop, il y avait quand même assez de gaz pour faire le tour des campings du coin, en feuilletant le guide naturellement.

Quelques heures plus tard, affamés mais enrichis de $250.00 dans mon cas, je n'ai pas vu ce que le jeune avait retiré, ça avait l'air de quatre ou cinq billets de $20.00... $250.00 c'était plus que je pouvais me permettre mais de toute façon puisque j'emprunterais, puisque j'avais déjà défoncé mon budget... on a déposé les bagages sur un petit terrain entouré et protégé par une bande de grands sapins odoriférants tout au fond d'un grand camping, décoré à l'avant de roulottes rutilantes et d'un grand chalet achalandé et on est partis faire le marché.

Le reste de la journée s'est passé à s'installer et à manger. En fin d'après-midi le jeune est parti se baigner à la piscine et je suis restée allongée près de la tente à prendre un bain de soleil. Ça ne m'arrive presque jamais de faire ça, cependant cette fois-ci le temps n'était pas trop chaud et le soleil confortable à ras de terre. Je me trouvais bien, étendue sans bouger, les yeux fermés avec Jean-Pierre en stand by et les odeurs douces et suaves des fougères.

Jusque là tout allait bien...

C'est le lendemain que ça a commencé à se crosser.

D'abord je me suis réveillée à l'heure des poules dans un état pénible, un état de fébrilité intense inconfortable angoissant. Qu'est-ce que j'avais rêvé? Qu'est-ce que j'avais bien pu rêver? Je ne l'ai jamais su mais il s'était produit quelque chose de louche : Jean-Pierre avait bougé! Il ne se tenait plus debout, calme et attentif, dans ce petit coin rassurant, il s'était terriblement éloigné. En fait je ne le voyais presque plus, il s'enfonçait peu à peu et pour arriver à le distinguer, je devais faire des efforts épuisants; pour évoquer son visage, seulement son visage, et ses yeux ils disparaissaient eux aussi... En un sens c'était terrifiant.

Le sang filait dans mes veines à une allure folle, mais le temps ne suivait pas et l'aiguille de ma montre s'enlisait: deux jours à attendre avant de le voir! Deux jours deux siècles deux millions d'années-lumières: Jean-Pierre reviens! Reviens attendre avec moi! Pitié... pitié... Mais sa silhouette, déjà perdue dans la brume des temps, ne se retournait même pas.

Il fallait que je fasse quelque chose! Il le fallait! Demain au moins je serais en route, j'aurais l'impression d'avancer... Je comptais partir vers dix heures, pas plus tôt, car je ne tenais pas à rebondir là-bas trop vite, subir les interrogations muettes de Pauline et perdre de ma superbe sous l'oeil inquisiteur et ironique de Nicole. Il y avait au plus huit heures de route, je serais là-bas à sept huit heures du soir. C'était assez! Surtout que Jean-Pierre pouvait ne se montrer qu'à onze heures minuit...

Pour essayer de calmer mon effervescence je suis partie prendre une marche. Le camping était situé dans un rang côteux et pas tellement habité. J'ai marché longtemps, me débattant avec l'ombre de Jean-Pierre, je ne sais combien de milles... jusqu'a ce qu'épuisée j'abandonne, je m'arrête et m'étende sur une grosse roche sur le côté de la route et que je reste là sur le dos à regarder le ciel bleu, net et lisse en n'entendant même pas les petits oiseaux chantonner, les insectes bourdonner.

Puis je suis repartie d'un pas plus lourd, mais j'ai dû rebrousser chemin assez vite; un grand chien jaune m'attendait en gueulant à la limite de la propriété de ses bons maîtres. Je ne lui ai pas donné de chance, j'ai tourné les talons, le laissant jaser tout seul.

À un moment, je suis passée devant une petite maison beige que je n'avais pas remarquée la première fois. La mère du lieu sarclait à quatre pattes et sereine dans son grand jardin, son petit la suivait, lui faisant la conversation. À mon passage elle a levé un visage congestionné, m'a examinée un moment puis s'est repenchée sur ses mauvaises herbes. Naturellement je l'enviais... Me retrouverais-je jamais mère et sereine à quatre pattes dans le jardin avec le gros soleil me tapant sur le dos? Me retrouverais-je jamais vraie madame?

Le jeune toujours le même toujours pareil était levé et prenait son petit déjeuner. Je me suis servie moi aussi, dans ma tête il y avait toujours le trou noir à la place de Jean-Pierre et je me disais qu'une fois peut-être, lorsque j'aurais mangé...

Mais ça n'a rien donné, il est resté là-bas et pour meubler l'espace j'ai commencé à tourner et retourner l'idée d'un magasinage, un magasinage spécial dans le but de me procurer une belle robe, quelque chose de bien, pour surprendre un peu Jean-Pierre, pour lui faire regretter, enfin vous voyez ce que je veux dire... Donc je caressais de plus en plus l'idée d'apparaître sur la galerie, magnifique, indifférente et provocante dans une belle robe fleurie ou pas, mettant en valeur ma silhouette spéciale! J'en avais assez des vieux t-shirts!

J'ai dit ça au jeune, je ne lui ai pas raconté toute l'histoire, je lui ai simplement appris que je partais au magasin. Il a suivi.

Très vite, j'ai fait le tour des boutiques à ville St. Georges. Le jeune n'entrait pas toujours mais demeurait disponible pour une appréciation éventuelle. En attendant il allait voir les disques, les appareils de son, demandait des renseignements ou s'assoyait quelque part et buvait du jus mauve. Je ne trouvais pas ce que je cherchais, toutes ces robes qui avaient l'air avantageuses sur le cintre perdaient de leur superbe une fois sur mon dos: mes seins s'y dissimulaient hypocritement et mes os pointaient ostensiblement. C'était décevant! Mon beau flash s'obscurcissait mais j'étais plus coriace que ça; s'il n'y avait rien ici, j'irais à Québec! Après tout Québec n'était pas si loin et j'avais du temps à revendre! On s'est rendus là-bas en une heure et quelques minutes, la radio au bout, et j'ai trouvé la robe que je cherchais: en tissu léger brodé, imprimé de bleus différents, translucide pas trop juste assez, me moulant et virevoltant en même temps autour de moi comme un nuage.

Bref elle était parfaite et coûtait cher! Je l'ai achetée. Faut ce qu'il faut... et j'avais bien fait puisque je me suis aperçue à un moment que Jean-Pierre était revenu prendre son trou.

Jusque là tout allait encore relativement bien.

XII

Comme répétait le jeune par après : « encore chanceux que ça soit arrivé si près du camping... après tout le chemin qu'on avait fait. »

Donc, en arrivant, je me suis arrêtée au chalet-administration-restaurant-douches-location etc. pour acheter des cigarettes. Un instant plus tard quand j'ai voulu repartir, il n'y a d'abord pas eu de problème. Le moteur s'est mis à ronronner, ça c'était assez étonnant, sans le moindre toussotement, mais quand j'ai voulu embrayer il ne s'est rien produit. Le moteur fredonnait mais l'auto ne voulait pas bouger, je déplaçais le bras de vitesse, je le replaçais, j'appuyais sur l'accélérateur... rien. Statu quo.

Inquiète, énervée, j'ai tout éteint. C'était ridicule mais j'avais peut-être oublié quelque manoeuvre... Me forçant au calme j'ai recommencé les opérations. Peine perdue, l'auto n'obéissait plus. Je commençais à avoir drôlement chaud, je tripotais le bras de vitesse aller et retour. Le jeune répétait :

— Qu'est-ce qui se passe ?

Mais je ne répondais pas, j'éteignais, je rallumais je déplaçais le bras de vitesse.

Il répétait :

— Voyons Sylvie, qu'est-ce qu'il y a ? Quelque chose de brisé ?

131

Répétait encore :

— Qu'est-ce qui marche pas ?

— — — — —

— Sylvie...

J'ai crié :

— Tu vois pas qu'il démarre pas... tu vois pas qu'il veut pas avancer ?

Les sueurs me coulaient sur le visage... partout. Je m'exténuais en vaines tentatives.

— Voyons Sylvie, attends un peu, c'est peut-être pas grave...

Je me suis tournée, cramoisie et j'ai persiflé :

— Pas grave ! Pas grave ah ah ah ! C'est juste la transmission qui est pétée ! Pas grave !

J'ai tout éteint, je suis descendue en claquant la portière, le souffle court. Il fallait trouver un garage et vite, je regrettais déjà la robe brodée.

Assis sur un banc longeant le chalet, il y avait deux pères de famille bedonnants qui avaient suivi l'opération démarrage en buvant nonchalamment leur petite bière d'avant souper. L'un deux m'a dit :

— Il embraye pu.

J'avais le goût de l'écraser, de le piétiner.

— Non.

L'autre a ajouté, ravi :

— La transmission... ça a l'air de la transmission.

Sale type !

— Oui, la transmission je le sais. Connaissez-vous un garage dans le bout ?

Ils se sont consultés un bout de temps :

132

— Celui au coin de la route... Hum Jean-Paul est allé l'autre jour. Je sais pas si... Hum Hum. Il me semble qu'il y en avait un. Hum hum...

Je trépignais d'impatience.

— Vous êtes pas d'ici hein?

— Non.

— Il y aurait Raymond... Regardez dans l'annuaire : Raymond Auto Service. Celui-là, il travaille pas si mal.

Pendant que je téléphonais dans le vestibule du chalet je voyais le jeune tourner autour du char, tapocher un peu partout, se coucher en dessous... pour voir quoi?

Raymond lui-même à répondu, pas plus énervé que ça, pas pressé hein?

— Ouais... ouais... Au camping ouais... Venir? ...ouais.

Il allait envoyer le «towing» dans quinze vingt minutes.

Le «quinze vingt minutes» a duré une heure et demie que j'ai passée assise sur le banc, — les deux gars de tantôt étaient partis engouffrer leurs T-bones sur charcoal —, à m'impatienter, à regarder l'heure et à bouffer les pâtisseries fraîches qu'on n'avait pas pu s'empêcher d'acheter à Québec.

Finalement, sous l'oeil ravi et méprisant des campeurs et de leurs enfants, tous propriétaires en plus de leurs grosses roulottes étincelantes, de flamboyants quatre par quatre en parfait ordre, invincibles qui ne se détraquaient jamais, la remorque a emporté ma pauvre guimbarde. Je suis montée près du conducteur et le jeune est resté solitaire à l'entrée du camping, tenant à la main le sac noir et doré contenant ma belle robe. Ce n'était pas Raymond lui-même, mais son assistant. Il n'était pas tellement causant mais il me faisait de grands sourires équivoques avec ses longues dents. Cependant, si j'essayais d'en savoir plus long sur les transmissions, il retournait à son volant d'un air absorbé. Dans la cabine ça sentait le gaz, l'huile, et après les pâtisseries ça me donnait mal au coeur et à la tête. Je calculais mentalement combien ça pourrait me coûter.

Le stationnement du garage était passablement encombré. Pour faire place à la remorque, un grand type maigre avec le dos rond est venu déplacer son pickup branlant. Je suis descendue. Il y avait cinq six bonhommes alignés contre le mur du garage qui examinaient la situation d'un oeil lubrique en fumant leurs vieilles pipes : sales mecs.

Raymond lui-même est venu faire son tour pour voir de quoi il retournait. Je lui ai réexpliqué le spécial cas ; pendant ce temps la remorque dompait mon pauvre vieux char infirme sur le côté, l'intérieur était trop encombré. D'un pas pressé tiens! Raymond s'y est dirigé, s'est assis au volant, a allumé le moteur qui a fait des mines, et fait jouer la transmission. Puis sans dire un mot, a secoué la tête douloureusement.

— Pis?

Il a soupiré, n'a pas dit un mot, s'est gratté la tête sous sa calotte grasse.

— La transmission?

— Ouais... humm... on dirait...

— C'est long à réparer?

Il m'a regardé en plein dans les yeux, mécontent.

— Nous autres on fait pas de transmission. On va l'enlever, jeter un coup d'oeil, pis s'il faut on va l'envoyer à St. Georges.

— Quand ça? Ce soir?

Il a soupiré, incrédule.

— Pas ce soir, y est tard, on n'a pas le temps... demain matin.

Le seau d'eau glacée ne m'arrivait pas sur la tête mais en pleine face : demain!

— Demain? Mais quand demain?

— Sais pas. Ça dépend du gars à St. Georges...

J'en ai presque crié :

134

— Mais il faut que je sois à Mont-Laurier demain soir! Il le faut absolument!

Il m'a tourné le dos.

— Venez demain avant midi, vers onze heures... peut être ben que...

Je l'ai rappelé.

— Une minute! Écoutez je suis en camping... J'ai besoin de l'auto, ça me prend une auto, il faut que je retourne là-bas...

Au moins il s'est arrêté, je continuais à le supplier.

— Je ne peux pas me passer d'auto... Je ne connais personne dans le coin...

— Bon, attendez une minute.

Il est entré à l'intérieur et je l'ai suivi, hésitant sur le parvis. La gang de bonshommes ne manquaient rien du show : sales mecs.

Raymond m'a tendu un trousseau de clefs, m'a désigné du doigt un gros char brun et beige effouairé sur le bord du chemin : une grosse minoune, un Buick 72, je l'ai vu écrit sur son flanc mou.

Raymond m'a précédée, m'a galamment ouvert la portière.

— Y est pas trop en ordre, y a pu de muffler mais pour virailler dans le coin, ça devrait aller... Les enregistrements sont dans la boîte à gants.

— Bon merci... Bon, je vais être ici demain à onze heures.

Il n'a rien répondu. Les vieux maudits s'étiraient le cou pour mieux voir et riaient dans leur barbe.

J'ai bruyamment mis le contact et en pétéradant j'ai démarré lourdement, avançant en tanguant sur la route agitée.

Le jeune attendait, assis sur le même banc. J'ai arrêté le mastodonte à sa hauteur, il est monté, m'a poussé le sac noir.

— Pis?

— Pis quoi?

— L'auto qu'est-ce qu'elle a?

— Je l'avais dit, la maudite transmission, la chienne de transmission.

— Il t'a passé ça? Ce gros bazou-là?

— Ouais.

— Il y a juste le AM.

— C'est pas grave, juste pour un soir. Je vais le chercher demain à onze heures.

J'ai accosté le rafiot. Il faisait soir déjà, le soleil s'était couché rouge sans que je m'en aperçoive, avec toutes ces histoires je n'avais pas vu passer l'heure. Le jeune s'est précipité vers la boîte à provisions, s'est mis à sortir les victuailles avec enthousiasme. Je n'avais pas faim, je me suis contentée d'un verre de jus d'orange plus chaud que tiède, rien que pour essayer d'avaler la boule qui avait envie de se mettre à remonter.

Maudite mécanique! Maudite chienne de mécanique!

Je ne pouvais que me répéter ça, je voulais m'étourdir, m'empêcher de penser, d'extrapoler sur ce qui arriverait si... Mais le jeune le faisait à ma place, suivait le cours du raisonnement.

— Es-tu certaine qu'il va être prêt demain? Ils disent à onze heures mais dans les garages... Mon père, lui...

— Fiche-moi la paix avec ton père, je pars demain à onze heures tapant puis je les plains si...

— Penses-tu que ça va te coûter cher?

— Je le sais pas, je le sais pas... mais ne m'en parle plus.

Oui, ça allait coûter cher... Pour payer ça je serais obligée de retirer le restant de ma fortune et après j'emprunterais encore plus... Voilà, j'emprunterais. Avec la facilité de crédit de nos jours on s'en sort toujours hein? L'intérêt on s'en foute!

J'ai bu la dernière gorgée de jus et la boule est remontée se caser dans son trou habituel. C'était intolérable, je ne pouvais pas rester là à regarder les sapins noyés dans le noir. J'ai ouvert la grosse portière, me suis calée dans le siège mou. Le jeune est accouru, son sandwich, son paquet de biscuits et le pot de jus à la main.

— Tu vas l'essayer?

J'ai soupiré.

Jusqu'à je ne sais plus quelle heure, j'ai tournaillé dans les petits chemins de rang, autour des lacs du coin, traversé des petits villages. J'ai dû aller mettre du gaz et de l'huile, le gros avait l'air d'en être très friand. En plus il y avait un trou au plancher et la poussière entrait à l'intérieur, flottait autour de nos têtes, nous plongeait dans une atmosphère de film d'horreur anglais. Ce n'était pas gai. Radio-Canada qui entrait solitaire sur les ondes locales, nous gâtait d'une émission des plus passionnantes et hautement culturelle sur les automates célèbres en France au dix-huitième siècle.

Au retour j'avais les cheveux comme de l'étoupe et j'ai décidé de prendre une douche. Pendant que les cheveux me séchaient, je suis restée assise dans le coin restaurant à lire un autre chapitre de l'*HISTOIRE UNIVERSELLE*, à manger un sandwich toasté salade mayonnaise et à boire deux gorgées de thé. Pendant ce temps-là, le jeune qui s'était douché aussi, jouait au billard avec trois petites filles maigres en short jaune rose et bleu qui riaient pliées en deux à chaque fois qu'il leur tournait le dos.

Même si je savais qu'il était inutile de me réveiller tôt, qu'il avait dit onze heures pas avant, à six heures trente j'ouvris de grands yeux alertes et encore, j'avais lutté longtemps pour les tenir fermés. Fébrilement je me levai, j'accomplissais les gestes quotidiens en un temps record et tournais en rond.

Il me fallait cette auto! Il fallait que je parte tout de suite! Que je parte! Pour me calmer, me dépenser un peu, tuer le temps, j'ai repris la route à pied, décidée cette fois-ci à faire face au chien méchant à l'autre bout du chemin. Mais ce matin-là, sentant la soupe chaude, il ne s'est pas montré le bout du museau.

J'ai marché marché et quand je suis revenue au camping, en sueur, il n'était même pas dix heures. Le jeune roupillait encore. Alors j'ai poussé l'affront au destin; j'ai commencé à démonter ma tente! Ramasser mon stock, l'emballer, tout mettre prêt pour le départ!

À dix heures trente j'ai mangé une pomme, une beurrée au beurre de peanut et j'ai crié au jeune:

— Lève-toi! Ramasse tes affaires. Tiens-toi prêt. Je vais chercher l'auto et on s'en va!

En me rendant là-bas, je n'ai même pas ouvert la radio.

Le stationnement était toujours encombré, mais cette fois-ci mon auto était à l'intérieur. Bon signe! J'ai vu ça avant même d'arriver, de la rue. J'ai flanqué le gros carrosse presque au milieu du chemin et je me suis dépêchée d'entrer.

Dieu merci, les vieux maudits n'étaient pas là pour me reluquer.

À l'intérieur c'était sombre et anormalement calme; l'heure de la pause café peut-être? Je suis restée quelques instants immobile sur le seuil, mais comme personne ne semblait vouloir m'apercevoir, ils étaient tous à l'arrière en train de jaser entre hommes... je me suis avancée près de l'auto et j'ai commencé à tourner autour. Raymond s'est alors décidé à présenter sa face sombre.

— Bonjour!

— Mmmjour

— Alors?

— Ouais...

— — — — —

— Bon, la transmission a quelque chose... on l'a enlevée. Denis est allé la porter à St. Georges.

138

— À St. Georges?

— Oui, eux autres ils vont la réparer.

— Quand ça?

— Ah pas avant lundi... lundi matin vous allez être la première... Aujourd'hui il peut pas... pas le temps... sa fille se marie...

J'essayais de gagner du temps.

— Mais qu'est-ce qu'elle a ma transmission?

Il a haussé les épaules.

— Nous autres on peut pas savoir, on l'a pas ouverte...

Puis avec une nuance de mépris dans la voix :

— Y est pas neuf votre char, ma p'tite madame.

J'ai ployé sous l'insulte.

— Neuf ou pas il fallait que je parte aujourd'hui.

— On peut pas faire mieux.

Il m'a indiqué les cinq six autos qui patientaient dans la cour.

— Y en a d'autres qui attendent...

Un mot de plus et je fondais en sanglots. Il s'en est aperçu, s'est radouci.

— Revenez lundi matin... Vous pouvez garder la Buick. Vous avez pas de trouble avec?

XIII

J'ai démarré, les mains tremblantes, la gorge sèche, le coeur battant à grands coups sourds, catapultée une autre fois sur la troisième marche de l'échafaud, exécutée par les événements : je ne verrais pas Jean-Pierre. Je resterais ici. Je ne le verrais pas se profiler dans la pénombre, je ne l'attendrais pas drapée dans ma belle robe.

Une colère incroyable s'abattait sur moi, une colère horrible, douloureuse. Sous son vent, les larmes fuyaient et alors sans exutoire, elle continuait de s'enfler démesurément.

J'appuyais sur l'accélérateur mais le Buick refusait d'obtempérer et la colère tourbillonnait. À une vitesse étourdissante j'étudiais, rejetais les possibilités susceptibles de m'amener là-bas. Des possibilités il y en avait : l'auto-stop, l'autobus, le train... mais il était déjà trop tard et je n'avais presque plus d'argent. Je me demandais même si je réussirais à payer le garagiste avec ce qu'il me restait à la Caisse. C'était sans arguments.

« Bof ! J'ai laissé l'auto là-bas à quatre cents milles d'ici et je suis venue passer la fin de semaine...

« Je suis venue pour te voir, Jean-Pierre, te toucher, entendre le son de ta voix... »

Ridicule, super ridicule ! Impossible (en anglais). Non non, je resterais ici, internée au fond de ce camping, traitée à la musique apaisante du festival western que j'avais vu annoncé sur tous les poteaux et que j'avais été tellement contente de me sauver de...

J'arriverais en ville quand? Lundi mardi... La blonde serait peut-être déjà installée dans l'appartement et mes bagages sur le palier.

J'ai passé en trombe l'entrée du camping et le jeune qui m'attendait assis sur les bagages m'a regardée filer, l'oeil effaré, puis s'est levé et est parti en courant derrière l'auto. Qu'il pédale, le jeune morveux!

Une fois sur place, je suis sortie en essayant de claquer la portière mais je n'ai pas pu, ses vieux gonds étaient trop rouillés.

Le jeune est arrivé, essoufflé.

— Qu'est-ce qui se passe?

La voix ne sortait pas de ma gorge obstruée par la colère, j'avais l'air d'un personnage de film mal synchronisé.

— Quoi Sylvie? Quoi? Qu'est-ce que tu dis?

J'ai crié, subitement la voix sortait avec beaucoup trop de force.

— On part pas! On part plus... Comprends-tu, on reste icitte. Le maudit de maudit de maudit de criss de garage! De maudite gang d'incompétents!

À moitié étouffée de colère, j'ai attrapé la tente qui attendait sagement collée sur le sleeping et je l'ai lancée au bout de mes bras. Puis avec des gestes rapides et brutaux, je me suis mise à la sortir de sa housse, à essayer de la remonter. Il ventait, je me battais avec la toile et ma colère continuait de s'enfler. J'enfonçais les piquets avec force, ils disparaissaient dans la terre brune.

— Gang d'ostie, ça se dit garagiste puis ça prend des siècles à fignoler une petite maudite job de transmission... Gang d'ignorants, de crétins d'épais, de niaiseux... maudit maudit maudit... C'est juste à moi que ça arrive des affaires de

142

même. Pourquoi? Pourquoi? C'est pas toujours mon tour! Lâchez-moi! Lâchez-moi! Il y a toujours un bout à la misère humaine!

— Mais Sylvie...

Le vent s'engouffrait sous la tente, il me manquait un piquet, j'avais perdu un piquet.

— Passe-moi ta hache, je vais aller m'en bûcher un!

— Voyons Sylvie!

— Passe-moi la hache.

— Mais on n'a peut-être pas le droit de couper...

— Qu'ils aillent chier! Passe-moi la hache.

J'ai pris la hache et je me suis élancée sur le sentier qui menait dans un boisé derrière une petite colline. Le jeune trottait derrière :

— Sylvie calme-toi! Sylvie tu vas être malade...

Je ne l'entendais pas.

— Maudit maudit maudit... Fallait que je parte aujourd'hui, que j'arrive ce soir... C'était ma dernière chance!

En quelques minutes j'avais trouvé une branche qui pourrait se transformer en piquet et je m'évertuais à essayer de la couper.

— Maudite branche! Chienne de branche!

— Sylvie, donne-moi la hache. Je vais la couper, donne...

Je ne l'écoutais pas, je donnais des grands coups au pauvre roseau qui ployait, fuyait...

— Je voulais aller là-bas! Je voulais voir Jean-Pierre! Il fallait que je le voie... Il le fallait!

— Mais attends Sylvie! Attends, c'est pas si grave. T'es toute rouge! Attends, tu vas le voir lundi, téléphone-lui. Tu peux lui téléphoner, j'ai de la petite monnaie en masse.

Je donnais un dernier coup de hache.

— Le voir lundi! Lui téléphoner, lui téléphoner!

Je me redressai en sueur, je criai :

— Sais-tu ça que la dernière fois que je l'ai vu, il était couché dans notre lit avec une blonde!

J'avais enfin réussi à couper le bout de branche mais je ne le voyais plus, les larmes m'aveuglaient. Je le lançai au loin.

— Dans notre lit avec une blonde...

Je le répétais.

— Dans notre lit à ma place... Il ne m'aime pas. Il ne m'a jamais aimée. Il m'oublie arrive en retard rentre pas couche avec n'importe qui... Il veut pas rester avec moi, prendre des marches d'amoureux nous deux ensemble comme Pauline et Robert. Il veut sortir tout seul, tout le temps avec ses chums... Pis moi je l'attends l'attends l'attends... Que je l'ai donc attendu! Vous pouvez pas savoir comme je l'ai attendu, comme j'ai eu mal, comme le coeur m'a débattu. S'il m'avait aimé un peu... juste un petit peu... mais jamais jamais!

Je radotais et de honte, de désespoir, je me frappais la tête contre le tronc rugueux de l'arbre le plus proche.

— Pourquoi? Pourquoi? Pourquoi?

Et je continuais de cogner, on aurait dit que je voulais briser ce tronc d'arbre avec ma tête.

— Pourquoi?

Et je cognais encore plus fort, pour faire sortir la réponse, pour défier qui?

Le jeune, affolé, essayait de me retenir. Il m'avait saisie par le bras et essayait de me tirer en arrière.

— Sylvie, tu vas te faire mal! Ils vont t'entendre, Sylvie. Arrête!

Je ne l'écoutais pas. Il n'y avait pas de réponse et je ne voulais plus que me fracasser la tête sur cet arbre impassible.

144

Mais le jeune, de plus en plus affolé, luttait aussi, me saisissait, réussissait à m'arracher de l'arbre, à me pousser dans les fougères, à me tenir là, immobile :

— Sylvie calme-toi!

Je me débattais, donnais des coups de pieds. Alors il me retenait plus fortement, me faisait mal, se fâchait.

— Arrête de t'énerver! Arrête! Entends-tu, calme-toi... parce que...

Je le frappai encore, je voulais m'en débarrasser, le tuer.

Il m'empoignait, me secouait :

— Calme-toi j'ai dit! Calme-toi! Pour qui tu te prends? T'es pas toute seule dans le trouble... T'imagines-tu que c'est drôle de se retrouver tapette... T'imagines-tu que c'est drôle? Pis je me pète pas la tête sur tous les arbres que je rencontre...

Il me secouait de plus en plus fort, hurlait.

— Moi aussi j'en ai assez si tu veux savoir! J'en ai assez!

J'avais cessé de lutter mais il ne s'en apercevait plus, il me faisait mal.

— Penses-tu que c'est drôle? Penses-tu?

Il serrait de plus en plus fort et sa colère, sa douleur commençaient à me faire peur, il criait, son visage était rouge rouge... La panique me prenait.

— Arrête! Lâche-moi!

Mais il n'entendait plus rien.

— Penses-tu que j'aime ça? Penses-tu?

— Lâche-moi! Laisse-moi!

Et alors je me suis souvenue de son nom.

— Tony! Tony tu me fais mal, laisse-moi. Tu me fais mal, Tony, Tony!

Il s'est arrêté enfin, est resté hagard, puis s'est relevé et est demeuré un moment immobile, désorienté : où suis-je? Que fais-je?

Silence.

Et moi, couchée dans les fougères, je me retrouvais moi-même dans la même peau et je retrouvais le monde extérieur, la vie, l'odeur douceâtre des fougères, le feuillage bruissant, le vent, le ciel bleu, les petits oiseaux qui étaient pendant tout ce temps restés là, fidèles, immuables.

Le jeune se frottait le visage comme s'il venait de se réveiller. Le front, la tête me faisaient mal, avec précaution, du bout des doigts, à l'aveuglette, j'explorais les bosses, les meurtrissures gluantes. Les cheveux collaient dans le sang qui commençait à sécher. Je promenais mes doigts et j'avais honte, je mourais de honte. Dans cinquante cent ans d'ici, lorsque je revivrais ce moment, j'aurais honte! Je m'étais laissée emporter trop loin... je savais presque où et ça avait servi à quoi?

Inutile et dangereux.

Je m'étais leurrée, battue contre des moulins à vent. Une crise d'enfant gâtée pourrie. Il était inutile de me raconter des histoires : je vivrais. Avec ou sans Jean-Pierre! Avec ou sans lui faudrait que je dorme me lève mange travaille parle sourie, etc., etc.

Il n'y avait rien d'autre à ajouter là-dessus ; c'était ça! Bêtement ça... et ça ne se marchandait avec personne, avec aucune puissance.

Tony avait appuyé son front contre le tronc de l'arbre fatidique et pleurait peut-être?

Pauvre jeune! Pauvre vie! Pauvre enfant du bon dieu... Je l'avais emmerdé pour $957.93, au moins! Difficilement, avec la tête qui me tournait et les oreilles bourdonnantes, je me suis relevée des fougères. Une fois debout j'ai senti le vent glisser sur moi et je l'ai trouvé frais et rafraîchissant, je me suis approchée.

— Tony?

— — — — —

Il ne bronchait pas.

— Voyons donc...

Pas de réponse. Je me suis rapprochée davantage et en hésitant, je lui ai touché le bras légèrement.

— Tony, voyons donc... Tony écoute, dans le fond c'est pas si grave. Excuse-moi... Tony, réponds donc...

Il s'est redressé, s'est essuyé les yeux puis s'est tourné un peu, la tête basse. Alors il m'a regardée et ses yeux rougis se sont agrandis :

— Mon doux Sylvie! T'es pleine de sang... Sylvie ton front, c'est terrible!

Il a étendu le bras et timidement, a essuyé un peu de sang sur ma joue.

— Sur les joues c'est juste du sang séché mais ton front...

J'ai tourné la tête.

— Bof! C'est pas grave, une fois nettoyé...

— J'ai une trousse de premiers soins.

— Une trousse de premiers soins! T'es prévenant, un vrai scout!

— C'est pas moi, c'est ma grand-mère...

— Ah bon.

Puis on est restés silencieux à ne pas trop savoir quoi faire, à regarder un peu autour. Après un bout de temps il a dit :

— Maintenant tu sais tout...

Je ne savais pas quoi répondre et on est restés là quelques instants à se remémorer ce que l'on savait et ce que l'autre pouvait savoir ; puis j'ai haussé les épaules.

— Bon...

Je cherchais les mots.

— Bon on sait tout, tous les deux... On sait tout, tous les deux puis on n'est pas mort!

J'ai répété :

— On n'est pas mort!

Il a semblé surpris.

— Tant qu'à ça c'est vrai, on n'est pas mort!

— Pas morte mais maganée!

Alors on s'est mis à rire tous les deux, pas un rire à gorge déployée mais deux trois éclats discrets de soulagement.

Le front m'élançait, la tête me faisait mal.

— J'ai mal à la tête...

Pour que la vie reprenne son cours normal, j'ai commencé à chercher autour, dans les buissons.

— Bon, j'étais venue pour le piquet...

— Ah oui le piquet... et la hache...

On a commencé à chercher un peu partout. J'ai retrouvé la hache piquée dans la terre, pas de piquet. Tony a coupé une autre branche, en a gossé un autre et on est revenus au camping en silence.

Tout de suite en arrivant, j'ai couru me regarder dans le rétroviseur du Buick.

Miroir! Miroir! Dis-moi, etc., etc.

Ouais, je m'étais bousillé le front, bousillé ridiculement. Ce n'était pas trop beau.

Le jeune observait derrière.

— Une chance que t'as un toupet...

— Oui, une maudite chance!

J'ai lâché le rétroviseur et je suis allée poser le piquet si chèrement gagné. Je n'ai pas eu à utiliser le bout de branche, j'ai retrouvé le vrai piquet tout près dans l'herbe. Tony a apporté la trousse de premiers soins.

— Tiens Sylvie, tu ferais mieux de nettoyer ça tout de suite.

Je suis retournée au rétroviseur, je me suis installée et avec un tampon imbibé d'alcool, j'ai essuyé le sang séché, décollé les cheveux... Il n'y avait pas grand-chose d'autre à faire. Tout de même, une fois nettoyé, ça regardait mieux et les cheveux replacés, ça ne paraissait pas trop, mais c'était toujours aussi douloureux.

J'ai ouvert la portière, je me suis assise sur le bord du siège, les pieds dans l'herbe, j'ai allumé une cigarette et je suis restée à ne rien faire, à essayer de ramasser mes idées... Mais il n'y en avait pas tellement, il ne restait plus qu'un grand espace vide et terne. Il n'était pas nécessaire de me raconter ci ou ça. Je voyais bien que tout était à recommencer, il n'y avait pas de cadeaux à attendre. Cet espace vide m'appartenait et je devrais m'en occuper seule. Pas Jean-Pierre, moâ.

Tony finissait de monter sa tente, il a jeté ses bagages à l'intérieur puis a ouvert la portière d'en arrière et est venu s'asseoir lui aussi, avec sa cigarette, sur le bord du siège. Il m'a offert une menthol que j'ai acceptée.

— Ouais...

— Ouais... comme tu dis...

On est restés un autre grand bout de temps à fumer en se taisant, puis je suis allée chercher des canettes de jus de pommes, je lui en ai offert une.

— Comme ça tu vis avec ta grand-mère?

— Qui t'a dit ça?

— Toi, tu as dit qu'elle t'avait mis la trousse de premiers soins...

— Ah oui, c'est vrai.

Il vivait chez sa grand-mère depuis cinq ans, auparavant il demeurait à Montréal avec ses parents, sa mère plutôt car le père n'était pas là souvent. Il travaillait à l'extérieur dans le Nord. Il venait passer dix jours de temps en temps.

Sa mère Françoise n'aimait pas rester toute seule sans son mari. Elle s'ennuyait beaucoup... En fait, lorsqu'il était au loin, elle n'était jamais dans son assiette, jamais de bonne humeur. La nuit, elle dormait mal, elle mourait de peur, s'éveillait à tout moment. Le jour, elle était à bout de nerfs, criait beaucoup, pleurait pour un rien, s'inquiétait constamment pour ci pour ça. Naturellement, lui, son unique enfant, elle le couvait beaucoup, était toujours sur son dos, l'empêchait de sortir, de suivre les autres parce qu'elle ne voulait pas rester seule, parce que surtout elle avait peur qu'il lui arrive quelque chose, un accident alors que le père était absent. C'était triste, tellement ennuyant!

Cependant, quand Jacques venait en congé, la vie changeait de couleur. L'atmosphère se transformait complètement. C'était la fête! Françoise elle-même se métamorphosait: elle ne criait plus, souriait beaucoup, riait, chantonnait, parlait doucement et même elle l'oubliait un peu, juste assez pour qu'il puisse aller s'amuser avec les autres enfants. Et son père était gentil, il l'emmenait partout avec lui, le gâtait, lui achetait des tas de choses, lui racontait des histoires, jouait de l'harmonica et lui apprenait à giguer. C'était plaisant.

Mais il finissait toujours par repartir et tout reprenait comme avant: l'ennui, les larmes, les cris... jusqu'au prochain congé.

À un moment, — il pouvait avoir huit neuf ans, peut-être moins — Françoise avait commencé à travailler dans un magasin et s'était mise à sortir le soir. Il y avait des étudiantes qui venaient le garder et ça ne lui déplaisait pas parce qu'elles lui laissaient faire tout ce qu'il voulait, qu'elles le laissaient se promener à bicyclette très tard, même dans l'obscurité.

Le père continuait de venir aux trois mois, mais ce n'était plus comme avant. Maintenant ils se querellaient beaucoup, discutaient interminablement. Françoise pleurait, claquait les portes, Jacques boudait, donnait des grands coups sur la table et lui, pour ne plus les entendre, partait faire un tour sur sa nouvelle mobylette... Jusqu'à ce qu'ils l'appellent et l'amènent tristement souper au restaurant, se forçant l'un et l'autre pour parler de tout et de rien, le regard morne. Peu de temps après, ils lui avaient appris qu'ils divorçaient. Ça ne changerait pas

150

grand-chose à sa vie puisqu'il continuerait à vivre avec sa mère comme d'habitude et verrait son père aux deux trois mois sauf que ces fois-là, ils s'en iraient tous les deux à la campagne chez la grand-mère.

Quelques mois plus tard, Françoise avait commencé à amener un type à la maison, peu de temps après, elle s'était remariée. Le nouveau mari n'était pas méchant, il ne disait jamais rien, rentrait tout de suite après son travail, mangeait, s'endormait devant la télé. Françoise, assise tout près dans son fauteuil, fumait, fumait...

Comme promis, Jacques venait le chercher quand il était en congé et l'emmenait chez la grand-mère avec lui, parfois il y avait des problèmes à cause de l'école et il fallait attendre la fin de semaine. Il s'occupait de lui, le gâtait encore beaucoup mais lui consacrait de moins en moins de temps, le laissait le soir seul avec la grand-mère. Finalement, lui aussi s'était remarié avec une fille jeune, avait acheté une nouvelle maison, s'était installé avec elle et avait cessé d'aller travailler au loin. Quand Françoise avait appris ça, elle avait piqué une crise ...pire qu'une crise.

Il n'avait jamais été question qu'il aille vivre avec son père et sa nouvelle femme, d'ailleurs elle attendait déjà un bébé. Alors lui avait voulu rester avec la grand-mère. Françoise aussi avait maintenant un nouveau bébé. La grand-mère vivait seule, elle était contente de l'avoir, ça lui faisait quelqu'un...

Aujourd'hui, il ne les voyait plus beaucoup, son père quelques fois par année et à chaque fois c'était pareil, ils n'avaient presque rien à se dire... Françoise plus souvent. Elle avait changé, elle était beaucoup plus calme, beaucoup plus égale. Elle essayait d'être correcte, elle lui disait qu'il était beau, l'emmenait dans les magasins, achetait les vêtements qu'il désirait mais lui, ça ne le touchait pas. Tout de même, ça lui faisait un pied à terre à Montréal... Une fois en parlant de son ex-mari, elle avait dit :

— C'est clair, cet homme-là ne m'a jamais aimée, jamais aimée une minute.

Et elle avait pleuré. Lui aussi. Ils avaient pleuré ensemble.

Et sa grand-mère... elle était vieille, pas mal grincheuse, achalante, elle le couvait trop... mais elle l'aimait. Elle ne comprenait rien à la vie d'aujourd'hui, elle le répétait tous les jours et des fois, elle le regardait d'une drôle de façon comme si elle avait peur.

C'était pour ça qu'il avait décidé de partir seul un bout de temps, parce qu'il n'en pouvait plus, qu'il en avait assez de coucher avec tous ces types, de se cacher, qu'il en avait assez de voir sa grand-mère s'inquiéter.

C'est à elle qu'il envoyait des cartes postales?

— Oui.

Alors je l'avais embarqué avec la gang, il avait profité de l'occasion, avait été content que je l'oublie. Il pourrait couvrir une bonne distance avec quelqu'un qu'il connaissait; sur le perron de l'église, le soir du chocolat, il m'avait trouvée comique... et lui aussi avait peur de se retrouver tout seul dieu sait où avec dieu sait qui.

Quand il m'avait vue et entendue pleurer comme une Madeleine, il n'avait pas trouvé ça drôle bien sûr, ça l'avait mis mal à l'aise mais ça l'avait aussi rassuré, une personne qui a du chagrin comme ça aurait peut-être besoin...

Et voilà! On a ouvert une autre canette de jus de pommes, l'après-midi tirait à sa fin, le vent était tombé, le temps avait blêmi. Il faisait agréablement morne. Peut-être y avait-il quelque chose de potable à la radio? J'ai ouvert: pas de veine, un mieux Mireille Mathieu racorni, un Charlebois rabougri... J'ai tourné le bouton. Aussi bien penser à notre souper. Il ne restait pas grand-chose, on était mieux d'aller à l'épicerie avant qu'elle ne ferme.

Pendant qu'on roulait, Tony n'a pas pu s'empêcher d'ouvrir à nouveau la radio. Il est tombé pile sur les nouvelles, le grand bulletin détaillé de fin d'après-midi. Il a soupiré, fait mine de refermer mais j'ai arrêté son geste:

— Laisse ça, on va les écouter les nouvelles... ça nous fera pas de tort.

J'ai même haussé le volume.

Depuis la dernière fois, il n'y avait pas grand-chose de changé. Toujours les mêmes maudits problèmes économiques, mensonges diplomatiques, palabres, guerres, injustices, misère humaine de misère humaine de misère. Ils n'en parlaient pas mais il devait y avoir encore des enfants qui mouraient de faim...

On a écouté jusqu'au bout, silencieusement, comme un sermon, une espèce de sermon.

Tout compte fait, on n'avait pas si faim. On était écoeurés de toutes ces bouffes de camping. Pour ce soir : salade tomates fromage cottage toasts melbas et yaourt.

Quand on est revenu au camping, on a fait semblant de ne pas voir les cow-boys qui buvaient de la bière, la même que d'habitude, en se promenant autour de la grande tente érigée pour les festivités de l'Ouest. Une fois retirés derrière les grands sapins, on a mangé lentement sous le ciel de plus en plus lourd. Les sapins nous isolaient mais n'empêchaient pas les relents de musique western de parvenir jusqu'à nous. Il n'y avait pas moyen de les étouffer avec la radio AM, puisque les postes locaux diffusaient ce soir en l'honneur du festival de la musique mais oui, vous avez deviné quoi.

Tony a allumé un petit feu et je me suis remise à causer, je ne peux pas me taire bien longtemps... À causer, le dos accoté sur une épinette collante, avec mon front raide qui élançait... À parler de Nicole, Judith, leurs mille et un mecs, de Pauline Robert, leur bel amour, de Richard et sa poupoule qui à cette heure, c'était certain, devaient avoir goinfré le reste de mes beignes gâteaux au caramel *Joe Louis*.

Avec la noirceur, comme s'ils l'avaient attendue pour se faire valoir, les éclairs se sont mis à éclabousser le ciel, le tonnerre a commencé à se plaindre sourdement et le vent à ébouriffer bruyamment la tête des arbres. On est restés où on était, les oreilles dans le crin, à attendre un moment pour voir comment ça allait virer. Au premier grand coup clair de tonnerre, on s'est précipités dans ma tente. C'était impressionnant, le vent s'acharnait dangereusement, faisait claquer la toile, voulait l'arracher, les éclairs crépitaient et la pluie ne se décidait pas à tomber à siaux. J'ai allumé une bougie, la flamme vacillait... elle s'est éteinte une fois et pendant que le tonnerre dégringolait dans les entrailles de la terre, on s'est vus une seconde à la lueur fantomatique d'un éclair : blêmes, hagards, les yeux agrandis de peur.

Entre les coups de tonnerre et les bourrasques du vent nous parvenaient des bribes de la musique de tantôt, mais cette fois-ci on l'accueillait avec gratitude ; c'était un signe que là-bas, la vie continuait et que cet orage n'était finalement pas si pire, n'était pas celui de la fin des temps. Enfin il s'est mis à pleuvoir! Des averses lourdes et bruyantes, ouf! Le vent et le tonnerre se sont calmés un peu, moi aussi. J'étais fatiguée, fatiguée, le front me cognait de plus en plus. J'ai commencé à enlever mes jeans et j'ai dit :

— Je suis fatiguée, je me couche. Reste si tu veux...

Il n'a pas bougé, n'a pas répondu. J'ai ajouté :

— Si tu veux, va chercher ton sleeping, dors ici... On peut dormir dans la même tente, il y a de la place.

Il est sorti de la tente dans la lueur d'un éclair et revenu à la lueur d'un autre avec son sac de couchage. Il s'est installé, j'ai éteint la bougie et on a continué de parler dans le noir. Il disait qu'il trouvait qu'on était bien comme ça, qu'il était content d'être parti de là-bas, que s'il était resté, ça aurait mal tourné... Et on s'est endormis très vite, on a dormi comme deux enfants du bon dieu tout d'un trait jusqu'au matin clair nettoyé par l'orage. Un matin merveilleusement translucide avec un grand ciel pur, bleu, net et immense, que j'ai vu tout de suite juste en ouvrant l'oeil à travers la moustiquaire.

Avant, naturellement, en soulevant les paupières, j'avais fait mine de me mettre à penser à Jean-Pierre, mais j'avais vite chassé la tentation ; j'avais relégué le mec aux oubliettes grecques, car maintenant je savais jusqu'à quel point ça ne servait à rien d'évoquer sa belle image. J'ai plutôt laissé ma tête vide se remplir du grand ciel bleu... puis j'ai regardé Tony qui dormait dans ses cheveux blonds, les bras derrière la tête, ni comme un oiseau ni comme un ange mais assez esthétiquement. Sans faire de bruit, j'ai attrapé quelques effets et je suis partie prendre une douche et un shampooing matinal, les enfants du ranch commençaient à s'éveiller mais ils n'avaient pas encore fait couler toute l'eau chaude.

En revenant, j'ai rencontré Tony guilleret qui s'en allait se doucher aussi en sifflotant un air connu, faut le dire ce jeune-là avait une bonne nature. En l'attendant pour déjeuner, j'ai séché mes cheveux au soleil et au vent, tout en les démêlant complètement, jusqu'aux couches inférieures, ça faisait des semaines que je ne l'avais pas fait; ordinairement je me contente de les brosser sur le dessus. Ça a été long et douloureux, mais tellement plaisant, une fois la job terminée, de m'y passer les doigts jusqu'au bout et de pouvoir les ressortir sans les prendre dans les noeuds.

Il y avait des oranges, du pain, du beurre, du fromage, un reste de confiture. Tout en mangeant, je lui ai demandé:

— Veux-tu apprendre à conduire? Si tu veux je t'apprends aujourd'hui...

Ça passerait le temps, dans les rangs comme ça il ne devrait pas y avoir de problèmes.

Incrédule, il m'a fait répéter deux fois. Quand il était petit, son père avait commencé à lui montrer...

Sans faire la vaisselle, parce qu'on n'en avait pas, on s'est installés pour la leçon. Je lui ai laissé le volant, lui ai expliqué sommairement le fonctionnement de l'engin. C'était inutile, il savait. On a donc roulé tout l'après-midi d'un rang à l'autre, frôlant dangereusement le bord des fossés, arrachant quelques branches imprudentes qui s'étaient aventurées trop proches de la route; les vitres grandes ouvertes parce qu'il n'y avait pas trop de poussière à cause de l'orage d'hier et du vent, la radio au bout sur les vieux succès des Beatles, des Beach Boys. On s'est même audacieusement, Tony toujours au volant, rendus au village acheter des liqueurs glacées, des popsicles et des bananes pour souper.

C'était pas mal agréable, il ne faisait pas vraiment chaud car maintenant, de gros nuages blancs rafraîchissants voguaient sur le ciel bleu. Tony conduisait, tendu, attentif, passionné du volant, je m'occupais de la radio et je pensais un peu à Jean-Pierre mais de loin, comme à un fantôme, comme à une ombre. La faim nous a sortis du bolide vers cinq heures, on avait roulé cent quelques milles.

Après souper, quand la musique a recommencé son galop à travers tout le camping, on s'est dit qu'on ne pourrait pas endurer ça toute la soirée, qu'il fallait foutre le camp quelque part.

À cause de la musique de l'après-midi, je me sentais en air de danser. J'ai proposé une tournée des grands-ducs, il devait bien y en avoir quelques-uns à ville St. Georges. Pour aller au bal je mettrais ma robe neuve, des ballerines aplaties, je me dénouerais les cheveux, Tony ses jeans propres les plus sexy, son chandail rayé à col bateau et sa croix d'or dans le cou. Superbes dans notre limousine, on a traversé le corail sous l'oeil envieux des cow-boys et de leurs familles.

La première discothèque venue était pleine à craquer, tant pis. Debout près du bar, on a sifflé un drink peu importe lequel, puis on s'est élancés comme des oiseaux sur la piste de danse. Tony savait danser, ma tante Jeanne lui avait appris, et moi, une fois légère et partie... On a vite attiré l'attention, notre couple surtout fascinait. On dansait beaucoup, n'importe quelle danse sans discrimination, même les slows ben collés... et je voyais fort bien les types accoudés au bar, qui regardaient d'un oeil incrédule, dégoûté et pensif, les mains du jeune sur mes fesses. Faut dire qu'on leur en mettait plein la vue, qu'on faisait exprès. On faisait exprès mais on se trouvait bien aussi, dans les bras l'un de l'autre, on se sentait sécures, protégés de tous ces regards concupiscents... Va chier, Jean-Pierre!

On dansait, dansait, emportés par les notes rock, les cha cha, les sambas etc. On a hanté toutes les pistes de ville St. Georges et de plus loin. À deux heures du matin, épuisés, en sueur, on est disparus dans la nuit, emportés par notre citrouille pétaradante. Tony conduisait (Bof!) et moi, à genoux sur le siège, la tête sortie par la vitre baissée, je prenais le frais, les cheveux flottant au vent et hurlant à m'en éclater les cordes vocales (j'essayais d'imiter une sirène de police ou d'ambulance).

Quand on est rentrés, le ranch était fermé et les cow-boys cuvaient leur bière. Nous autres, on était collants, humides, on avait eu trop chaud à danser, alors il nous a pris l'idée de fou d'aller nous baigner dans la piscine, les douches étaient fermées. On s'est déshabillés en vitesse, enroulés dans une serviette et comme deux voleurs, on a marché jusqu'à la piscine, furtivement (s'il fallait que la vigie ouvre un oeil et alerte tout le campement) mais secoués par un rire nerveux.

Empêtrés dans nos serviettes, toujours tordus de rire, on a escaladé péniblement la grande clôture et on s'est enfin coulés entre les eaux beaucoup plus frettes qu'on pensait. La lune était suspendue là-haut, entre deux nuages sombres qu'elle essayait d'éclairer et qui s'évertuaient à lui passer et repasser devant. Il y avait un petit vent frais qui naviguait à ras d'eau. Brr... Nos rires se sont calmés et très vite on s'est sentis plus que rafraîchis, trop. On est sortis de là tremblants comme deux jeunes chiots jetés sur un banc de neige, les cheveux me dégoulinaient des gouttes glaciales dans le dos. Une chance qu'on avait apporté un chandail sec et une culotte, mais ça ne suffisait pas. En courant, on est revenus à la tente et on s'est précipités dans les sacs de couchage, j'ai réussi à attraper une serviette sèche que je me suis enroulée autour de la tête.

Il n'y avait pas moyen de se réchauffer. Les dents me claquaient tellement que j'en avais mal à la tête et je sentais vibrer la terre sous les tremblements de Tony.

— Ça nous prendrait quelque chose de chaud... un café... un grog...

— Sylvie, veux-tu que je te frotte?

— Mais non voyons, juste sortir de ton sac tu vas geler encore plus.

— Ben non Sylvie, attends... On pourrait attacher les sacs ensemble.

157

— Ça ne marchera pas.

— On peut regarder. Je pense que c'est le même genre de zip...

Il a allumé la lampe de poche, ça marchait.

Un peu gênés, on s'est étendus pas trop loin l'un de l'autre, mais une fois le malaise passé et pressés par le froid, on s'est rapprochés puis frottés mutuellement. Ça faisait du bien. Une fois réchauffés on s'est installés confortablement l'un contre l'autre. On était bien comme ça et on ne demandait pas autre chose, on n'avait besoin de rien d'autre. Lui s'est vite endormi, les cheveux dans mon cou, la tête contre mon sein... la radio ne jouait pas mais une petite musique douce aurait fort bien convenu à la situation!

Je suis restée longtemps sans dormir. Je reposais en paix calme et sereine, bercée par la respiration de Tony, confortable dans sa chaleur et je laissais errer doucement mes pensées... Des pensées d'abord légères, des esquisses de pensées qui prenaient cependant peu à peu des drôles de formes intéressantes, de plus en plus passionnantes, trop passionnantes pour que je m'endorme. Ce matin-là j'ai vu le soleil se lever, je l'ai vu irradier orange sur la toile de la tente, j'ai senti sa chaleur sur mon visage... puis j'ai sombré.

Je me suis réveillée tard au beau milieu de l'après-midi. De bonne humeur bien qu'en ouvrant les yeux, j'avais eu mal en voyant bien que ce n'étaient pas les cheveux de Jean-Pierre qui frôlaient ma joue. Mais tant pis, c'étaient ceux de Tony qui ouvrait les yeux, s'étirait voluptueusement, bâillait et riait de voir les drôles de plis qu'avaient pris mes cheveux en séchant pendant mon sommeil. Du festival nous parvenait la musique, même bobine qu'hier, les cris, les coups de pétards et une odeur de friture. Qu'est-ce qu'ils fricotaient là-bas? Un bison? Faisaient-ils rôtir un bison? Tant pis, on n'irait même pas voir.

J'ai suspendu ma robe neuve au bout d'une branche pour la faire éventer, j'ai brossé sommairement mes cheveux, je les ai attachés et on a mangé de bons oeufs brouillés en repassant nos exploits de la veille. Vers six heures, on est partis laver nos nippes, la laundromat avait été repérée depuis longtemps. On a traversé le camping en liesse. Dans l'enclos, la fête battait son plein : les frères Halton, les cousins des autres, se couraillaient à travers les tables, renversaient les plats de beans à la grande joie des convives de sept à quatre-vingt-dix-sept ans, et lançaient des assiettées pleines sur la tête du shérif et de son assistant ah! ah! ah!

La routine s'installait. Le soir, avant de s'endormir dans notre sleeping communautaire pendant qu'on jasait un peu, Tony m'a demandé ce que je ferais en arrivant là-bas. J'ai répondu que je resterais à la maison un jour ou deux avec Pauline et les autres et qu'après, j'irais voir Jean-Pierre en ville... qu'on s'expliquerait sans doute et qu'il faudrait que je déménage je ne savais pas encore trop où, qu'il faudrait que je le fasse vite, avant de recommencer à travailler. Que j'avais aussi d'autres projets en tête mais que j'aimais autant ne pas trop en parler.

Mais naturellement, en allumant une dernière cigarette je n'ai pas pu m'empêcher de revenir à ces projets, d'en jaser un peu. D'abord quitter cette ville de merde, de bruits et de fureur, m'installer en campagne rase et à un moment oui pourquoi pas? Avoir un enfant!

Ça l'a surpris, évidemment je ne lui ai pas dit que cet enfant, je comptais me le faire faire assez vite et par Jean-Pierre. C'était cette idée qui m'avait tenue éveillée jusqu'au matin ; me faire engrosser à son insu naturellement. Évidemment, cela dépendrait de ses dispositions lorsqu'on se verrait mais comme je le connaissais, j'étais presque certaine qu'il voudrait, après la rupture, qu'on reste amis et rester amis, pour lui, ça devait vouloir dire baiser de temps en temps ensemble... le temps d'arriver à mes fins hi hi hi.

Je n'ai pas dit ça à Tony, j'avais l'impression qu'il n'aurait pas tellement été d'accord, lui qui avait eu si peu de père. D'ailleurs, moi non plus je n'étais plus d'accord et je voyais bien que ce projet n'était qu'un doux rêve que je devrais me contenter de caresser...

Alors j'ai dit que l'enfant c'était rien qu'une lubie qu'il m'avait lui-même inspirée ouioui! en dormant si bien et si profondément, la tête sur mon épaule. On a ri et il a dit que dans le fond, il pensait que je ferais une bonne mère, en tout cas que mon enfant ne manquerait ni de sucreries ni de gâteaux ni de tours d'auto, mais ça, Pauline vous dirait que c'est l'indice d'une très mauvaise et très méchante mère!

En ouvrant un oeil, une autre fois j'ai eu mal en voyant bien que l'érection contre ma cuisse n'était pas celle de Jean-Pierre... mais celle de Tony qui dormait innocemment.

Il ventait et il était juste l'heure d'aller récupérer mon cercueil à roulettes. Je me suis extirpée de dessous le bras de Tony qui a soulevé une paupière moins innocente que je l'aurais cru et je lui ai dit de se grouiller, que l'heure du départ venait de sonner. Pendant que j'irais chercher le bolide il n'avait qu'à tout ramasser.

Je suis passée à travers les vestiges de la fête qui tournoyaient nonchalamment au vent et en trois bonds j'ai atterri dans la cour à Raymond.

Ma foutue bagnole y était, en pleine forme sur ses quatre roues Youhou! Raymond aussi était là, de bonne humeur. Avec un sourire de carcajou il m'a raflé $258.32... «si vous avez du trouble, vous reviendrez, vlà votre garantie.»

Avec un petit regard pour le flan mou, j'ai démarré pas plus rapidement qu'avant, ce n'était pas le moteur qu'ils avaient réparé, mais la transmission... J'ai retrouvé avec plaisir le son FM. La fièvre du départ me reprenait, je suis revenue dans un nuage de poussière. Tony n'en était qu'à démonter sa tente. En un clin d'oeil j'ai fait disparaître la mienne et sans leur donner le temps de ramasser les cochonneries de leur fête champêtre western, on a foutu le camp.

XIV

La radio rockait. Je croquais une pomme, Tony grignotait des biscuits. Une ballade comme les autres... En apparence seulement.

Car c'était la dernière et dès les premiers milles, elle avait pris l'allure funeste de l'irrémédiable. Subitement je n'étais plus pressée, subitement je voulais rouler éternellement : ni retourner en arrière, ni arrêter quelque part, seulement rouler à tout jamais. Et méchamment, on aurait dit que la route s'écourtait, que les milles s'abrégeaient, se laissaient dévorer, s'envolaient comme des oiseaux les veinards vers les gros nuages blancs qui eux aussi volaient allègrement.

Nous aussi. Mais pour allonger le temps, on s'arrêtait pour acheter une autre orangeade glacée, un casseau de frites qu'on mangeait bousculés par les quatre vents du ciel, assis sur un banc collant. Peine perdue. Montréal était tout proche mais quand on y est passés, j'ai fait semblant de ne rien reconnaître. Il était inutile de m'arrêter là tout de suite, je n'avais pas le courage de supporter le bruit, les odeurs, aussi il fallait que je me prépare... D'ailleurs, à cette heure, Jean-Pierre ne devait pas être chez nous, chez lui plutôt, ou chez la blonde peut-être... C'était beaucoup plus confortable assise ici dans l'auto qu'à trembler là sur le palier.

À St. Jérôme on a mangé un sandwich, une soupe, de la tarte aux pacanes et si vite, beaucoup trop, on était à St. Alexis dans la petite rue tout près de la maison de la grand-mère à Tony.

À cette heure elle n'était pas là, à l'église pour sa messe quotidienne. Je l'ai aidé à sortir ses bagages, puis on est restés debout appuyés sur le bord de la galerie de bois toute croche, presque effondrés, à attendre, sans trop savoir quoi se dire, le coeur gros. Le moment était grave.

Finalement je me suis décidée :

— Va falloir que tu répares cette galerie-là, hein...

Il a soupiré.

— Ouais.

— Ouais.

Je ne savais déjà plus quoi dire. On a attendu encore un bon moment en se taisant.

— Bon, bien... merci pour tout.

Il s'est précipité.

— Voyons Sylvie, c'est moi...

Je ne l'ai pas laissé continuer.

— Bon, on se remercie tous les deux.

Il a compris.

— Oui c'est ça.

Ça ne servait à rien de rester là mais je ne me décidais plus à partir.

— Tout compte fait, ça été plaisant hein?

Il a fait signe que oui, ses yeux bleus se liquéfiaient, les miens presque. On ne pouvait plus rien dire.

Pour nous donner une chance, j'ai relevé la tête, jeté un coup d'oeil aux alentours, sur la petite rue déserte et silencieuse. Sa grand-mère habitait la dernière maison tout près du cimetière et les arbres entre les pierres tombales se balançaient en murmurant dans le vent; ça doit faire drôle de vivre près

162

d'un cimetière... La soirée devenait plus que fraîche. On frissonnait même avec un gros chandail et on ne pouvait pas rester là indéfiniment, jusqu'à ce que sa grand-mère revienne des vêpres...

— Bon faudrait que j'y aille... Bon.

— Bon...

Je me suis avancée un peu, je l'ai embrassé sur les deux joues.

— Je pense bien qu'on ne s'oubliera jamais.

Il a répondu avec ferveur :

— C'est vrai Sylvie, jamais! Ça été les plus belles vacances.

Il n'a pu continuer, m'a embrassée maladroitement sur le coin de l'oeil puis s'est repris sur la joue et on s'est retrouvés dans les bras l'un de l'autre à s'étreindre en pleurant un peu.

Puis, à reculons, j'ai marché jusqu'à l'auto.

— Bonne fin de vacances, Sylvie. J'espère que... que...

J'ai fait signe que oui en souriant.

— Toi aussi... Bonne fin de vacances... Oublie pas ta galerie.

— Non non.

Mais une fois la main sur la portière, en une impulsion soudaine, je suis revenue vers lui. J'ai hésité un peu, puis je lui ai dit pas trop fort, même si les morts ne pouvaient pas entendre :

— Dans le fond... dans le fond t'es pas si... si homosexuel que ça.

Je l'ai répété une autre fois.

— Dans le fond, t'es pas si homosexuel que ça.

D'abord il n'a pas réagi comme s'il n'avait pas bien entendu. Il n'a rien répondu, mais il s'est mis à fixer un point quelque part derrière le cimetière, à le fixer si longtemps que j'en suis devenue mal à l'aise, que j'ai bien vu qu'il avait compris et que je me suis sentie coupable d'avoir proféré une imbécillité pareille, que je me suis mise à chercher une formule d'excuse. Au moment où j'allais commencer à bafouiller, il a répété, l'oeil toujours lointain :

— Pas si homosexuel que ça.

Je me suis précipitée.

— Oui, tu vois bien que...

Mais il n'écoutait plus. Il est resté un bon moment à réfléchir et il a enfin ajouté :

— Ouais tant qu'à ça... Ça se pourrait bien...

Puis, me regardant enfin, il a dit avec assurance mais en rougissant :

— Pas si tapette... oui Sylvie, t'as raison dans un certain sens...

Puis élevant le ton et prenant la tête de quelqu'un qui vient juste de trouver la bonne réponse, il a déclaré :

— Pas si tapette et ton Jean-Pierre lui, il ne doit pas être si bien, si heureux que ça. Peut-être bien qu'il t'aime, qu'il a besoin de toi plus que tu le penses...

Je suis restée interloquée, subjuguée, indignée. Qu'est-ce qu'il me racontait là? Qu'est-ce qui se passait? De quoi il se mêlait? Qu'est-ce qu'il savait de Jean-Pierre? Jean-Pierre pas si heureux! Jean-Pierre besoin! Lui le roi des rois qui menait sa vie avec tellement de brio oh! Oh et qu'est-ce que j'en savais? L'idée me frappait : Jean-Pierre heureux malheureux... Qu'est-ce que j'en savais? Il ne m'en avait jamais rien dit, je ne m'étais jamais posé la question. Qu'est-ce que je savais de lui?

Bon, j'étais touchée.

Tony m'observait, inquiet à son tour. J'ai fait un effort pour sourire jaune :

— Bon, je vais y penser... mais je pense pas que... de toute façon...

Il me regardait drôlement, convaincu d'avoir raison, mais sereinement, patiemment, avec indulgence comme on regarde quelqu'un qui finira bien par trouver la lumière.

J'ai souri pour de vrai! Je me suis rapprochée et je l'ai bousculé un peu, je lui ai tiré les cheveux.

— Bon bon d'accord, j'y réfléchirai… mais laisse-moi te dire quelque chose, toi le beau Tony… Tony qui déjà?

— Fleurant.

— Ah, c'est un beau nom… Toi, le beau Tony Fleurant, t'es pas à plaindre, je ne me fais pas de soucis pour toi! On dirait que tu en sais autant à dix-sept ans que moi à vingt-cinq, hein?

Et c'était vrai, ce jeune-là avait l'air d'apprendre pas mal vite! Il avait fait un maudit grand pas.

Il a rougi encore puis a souri presque tristement et il avait raison, il n'y avait rien de drôle là-dedans.

Je suis montée dans l'auto, j'ai mis le contact puis baissé la vitre.

— Salut, à la prochaine!

— Salut! Salut!

J'ai envoyé un baiser.

— On se reverra.

— Oui.

Il est resté sur place un bon moment à agiter la main jusqu'à ce que je disparaisse au coin de la rue.

À cause de la fraîcheur du soir, ils avaient fermé portes et fenêtres et ils ne se sont pas aperçus de mon arrivée. Mais ils ont entendu mes pas sur la galerie et quand j'ai ouvert la porte, tous assis qu'ils étaient en train d'étirer leur souper, de boire une troisième tasse de café de thé ou de tisane, ils se sont tournés d'un seul bloc. Ça s'appelait réussir son arrivée!

J'ai poussé ma valise à l'intérieur, le sac de linge sale, la tente, le sac de couchage. Je n'ai pas eu le temps de refermer, juste comme je me redressais et avant même que j'aie eu le temps de placer le mot que je m'étais préparé, Judith, plus rapide, m'a devancée et a lancé trop fort, bien trop fort, j'en ai tressailli, j'avais oublié sa grande voix pointue :

— La voilà! Mais d'où est-ce qu'elle sort?

Et Nicole a continué :

— Mais oui Sylvie Pelletier, d'où tu sors?

Pauline, toujours appuyée contre son Robert, avec un doux reproche dans la voix :

— Tu n'as pas donné de nouvelles... Qu'est-ce qui s'est passé?

Joanne, en croquant délicatement une petite galette aux graines de sésame, a murmuré d'une petite voix scandalisée :

— C'est Jean-Pierre qui était inquiet. Il a encore téléphoné avant souper...

Rien qu'en entendant son nom! Son nom! Et le restant de la phrase, «qu'il était inquiet» ...Inquiet lui! mon dieu, mon dieu... mon coeur s'est mis à culbuter, à faire des bonds terribles. Pour gagner du temps, pour essayer de le retenir, pour trouver quoi dire, quoi répondre, j'ai pris mon temps pour refermer la porte et je n'ai rien trouvé d'autre que mon mot de tantôt :

— Vous soupez tard! Vous soupez donc ben tard!

Ils n'ont rien répondu, ce n'était pas ça qu'ils voulaient entendre, Nicole a répété :

— D'où tu sors? Qu'est-ce qu'il t'a pris?

Et là, je me suis aperçue qu'il y avait un nouveau «bonhomme» près d'elle : une tête sombre avec des yeux clairs.

— Tiens Nicole, tu ne m'as pas présenté ton nouveau chum.

Le nouveau chum s'est levé de table, est venu se présenter lui-même.

166

— Ah Sylvie, j'ai beaucoup entendu parler de toi! André Tremblay...

Je lui ai dédié mon plus charmant sourire.

— Entendu parler de moi... Raconte-moi ça tout de suite!

Mais Judith ne se tenait pas pour battue.

— T'es drôle toi, Sylvie Pelletier! Tu pars, tu donnes pas de nouvelles... À quoi tu joues?

Elle m'énervait.

— Comment pas de nouvelles? J'ai envoyé une carte à Pauline...

— Oui Sylvie, je l'ai reçue... tu disais que tu arriverais vendredi...

— Ah oui excuse-moi, j'ai eu du trouble avec l'auto... la transmission. Ça m'a coûté les yeux de la tête.

— Jean-Pierre était inquiet.

— Il est venu?

— Oui oui, il est arrivé samedi matin.

SAMEDI MATIN! Le maudit! Il m'aurait déjouée une autre fois! Je l'aurais attendu en vain, appuyée sur mon poteau de galerie, fagotée dans ma nouvelle robe!

— Il a passé la fin de semaine à t'attendre, il est parti lundi midi. (Tant pis pour lui).

Pauline, persuasive :

— Appelle-le donc.

— À cette heure, il doit travailler.

— Tu peux le rejoindre au Journal.

Je ne pouvais pas résister à Jean-Pierre et à Pauline en même temps. Le coeur affolé, je me suis dirigée vers l'appareil. Les autres ont fait semblant de se remettre à leur café thé tisane et à leur conversation mais je sentais qu'ils tendaient une oreille discrète. Les doigts tremblants, j'ai composé le numéro du Journal... Il n'était pas là, ces temps-ci il travaillait le jour. Il n'était pas à l'appartement non plus. Probablement chez la blonde comme chez moi au début de nos amours... mais je n'avais pas le numéro. Bon débarras! J'ai reposé le récepteur avec soulagement.

— Il n'est pas là.

Pauline semblait déçue.

— Bon, je prendrais bien une bonne tasse de thé faible.

Je me suis mise à fouiller dans l'armoire pour retrouver mes victuailles.

— J'ai mis tes pâtisseries dans le congélateur.

— Merci, t'es fine.

— Tu t'es décidée vite à partir. On s'est levés, on a trouvé ton mot sur la table...

— Oui, une idée qui m'a prise subitement, je m'étais levée de bonne heure, j'avais le goût de changer de paysage.

— Tu n'en avais pas parlé, on se demandait...

— Une idée de fou, je m'ennuyais un peu. (Ferme-la, Pauline ferme-la).

— Ta carte venait du Nouveau-Brunswick...

— J'ai roulé un peu n'importe où... en fin de semaine je me trouvais dans le fond de la Beauce...

Pauline n'était pas dupe mais elle ne savait pas trop de quoi, Nicole Judith et Joanne me dévisageaient avec curiosité. Les deux premières se demandant si tiens tiens je n'aurais pas baisé avec quelqu'un d'autre durant ce voyage-là, si finalement je n'étais pas aussi pognée qu'elles le croyaient.

— Ça a dû te coûter cher?

— Ouais, je suis cassée, à sec complètement.

— Ta soeur a appelé.

— Laquelle?

— Jeannine.

— Elle veut que je la rappelle?

— Non non, elle voulait juste jaser. Elle a dit qu'ils ne t'avaient pas vue dans le bout.

— Je n'avais pas envie d'aller à Drummondville. Je vais la rappeler samedi prochain...

— Jean-Pierre nous a dit qu'il n'avait rien reçu, pas de carte postale, rien.

Qu'est-ce qu'il leur avait dit encore? Les larmes me sont remontées dans la gorge. Qu'est-ce qu'il leur avait dit, pendant qu'il m'attendait jusqu'au lundi midi... Lundi midi! Lui qui foutait si facilement le camp le dimanche soir en invoquant dix maudites bonnes raisons, quinze maudits rendez-vous... Pour rester comme ça à m'attendre, ça devait être important ce qu'il avait à me dire. Peut-être même qu'elles savaient déjà, peut-être, pendant cette longue fin de semaine, leur avait-il confié ses inquiétudes, ses soucis, peut-être leur avait-il parlé de moi, de la rupture. «Une rupture, pour elle, ça signifie beaucoup... avec son tempérament entier, possessif...»

Il fallait que je tienne le coup! Il le fallait.

— C'est bizarre ça, qu'il n'ait rien reçu. J'ai envoyé deux cartes postales... Ça a dû se perdre dans le courrier.

Je sonnais faux, je sonnais faux. J'ai pris la tasse de thé, j'ai traîné une chaise près de Pauline, j'ai mis une main sur son ventre plat.

— Comme ça t'es enceinte?

Elle a souri rêveusement.

— Qui te l'a dit?

— Tu l'étais presque quand je suis partie.

Ils souriaient tous les deux.

— On est assez contents...

— C'est le fun, je suis contente pour vous autres.

Tout en buvant le thé et en fumant, je n'ai pas pu m'empêcher de me mettre à raconter mon voyage, en omettant plusieurs détails naturellement. Je n'ai pas dit un mot sur Tony, mais je leur ai parlé du camping de Cabano, des patates du N.B., des bois du Maine, de ma belle robe neuve que j'ai sortie de la valise rien que pour leur faire admirer. Nicole et Judith ont jeté pour la première fois de leur vie sur une de mes nippes un regard d'envie et se sont informées de son prix, sur lequel j'ai menti rien que pour les emmerder :

— $50.00.

— $50.00! C'est impossible, impossible.

— En vente!

— Même en vente c'est impossible.

Je lapais mon lait chaud, j'ai pris la robe sur mon bras.

— Je vais la laver, je l'ai mise pour aller danser...

— Dansé, wow! La grosse vie... Où ça?

— À ville St. Georges, j'ai rencontré du monde sur le camping...

Elles ne comprenaient pas très bien, elles ne comprenaient plus. J'ai demandé à Judith :

— Pis, ton chum?

— Quoi mon chum?

— Ça va?

— Pourquoi tu me demandes ça?

— Pour rien, par curiosité.

— Oui ça va, ça va même très bien.

— Isabeau est couché?

— Où veux-tu qu'il soit?

Pauline s'est levée de table, a commencé à enlever les assiettes, suivie de Robert. Joanne est montée là-haut discrètement rejoindre Richard. J'ai bâillé à mon tour :

— Demain je vais à Montréal. Si ça intéresse quelqu'un...

Je décidais ça à l'instant-même, déjà je savais que je ne pourrais jamais attendre deux jours avant de tout régler, avant de lui parler.

André, le nouveau chum de Nicole, a levé le doigt.

— Moi ça m'intéresse.

— D'accord, vers onze heures, midi?

Nicole m'a jeté un regard apeuré, il lui a expliqué :

— Ça va m'éviter l'autobus...

J'ai ramassé mes bagages.

— Je vais monter ça.

En passant près de Pauline, je lui ai dit tout bas :

— Je te conterai ça en revenant.

(De toute façon faudrait bien qu'ils sachent, j'aurais besoin du petit camion à Robert pour déménager).

Elle m'a souri tristement :

— Sylvie t'as changé...

Plus tard, une fois couchée, j'ai passé les doigts sur mon front encroûté encore douloureux; oui Pauline avait raison, j'avais changé, il y avait quelque chose de mort en moi... pour le meilleur? Pour le pire? Je n'en savais encore rien.

Il ne me restait plus qu'à bien dormir. Demain je m'en irais chez Jean-Pierre, ce n'était plus chez nous et je l'attendrais tout en commençant à emballer mes affaires... ça lui faciliterait les choses et on se quitterait bons amis. Je n'étais pas faite pour lui tout simplement, trop possessive trop anxieuse... lui non plus n'était pas pour moi. J'avais besoin d'un homme popote comme la mère à Tony, ou de pas d'homme du tout.

J'ai dormi d'un bon sommeil, sans heurts, sans rêves, sans réveils pendant la nuit. J'ai même dormi jusqu'à dix heures comme une vraie bonne vacancière, et j'ai déjeuné en tête à tête avec Zabeau d'abord qui était bien content de me voir, puis avec André qui m'offrait du miel et du fromage. Au café il m'a demandé ce que j'avais bien pu me faire au front. J'ai vivement replacé mes cheveux et j'ai répondu qu'il n'y avait pas de mensonge possible et que j'allais lui dire la vérité sans explications, que je m'étais pété la tête contre un arbre.

Confus, il s'est excusé, je me suis mise à rire :

Il n'y avait pas de quoi... il ne pouvait pas savoir.

Le soleil brillait, la route était vide et Tony n'était pas là pour tourner le bouton de la radio, mais le nouveau chum de Nicole était un gars assez intéressant qui avait beaucoup voyagé, à dos de chameau dans le Sahara et à dos d'âne je ne me souviens plus où. Il avait trouvé un emploi pour six semaines comme figurant dans un film. On a jasé tout le long de la route, nous arrêtant des bouts de temps pour écouter les vieux succès de Trenet, Brassens et Montand dont nous régalaient les ondes radiophoniques.

J'ai déposé André au métro. Je n'avais pas le goût de rentrer dans l'appartement sombre. Plus encore, j'avais peur, j'avais la trouille... Peur de ce que j'y verrais : des cheveux blonds dans la salle de bains, sur l'oreiller et ailleurs. Peur aussi des heures d'attente quand ce soir, je guetterais son pas dans le corridor. Et s'il ne rentrait pas ? Non non voyons, il viendrait, je téléphonerais au Journal pour l'avertir de mon arrivée.

La rue était vide, pourtant je me suis stationnée très loin de l'appartement, le plus loin possible et j'ai marché. Les jambes me flageolaient. Et si je les retrouvais encore au lit ? S'il avait décidé de ne pas aller travailler aujourd'hui ?

La gorge sèche, j'ai tourné la clef dans la serrure, j'ai ouvert prudemment. La pièce était silencieuse, plongée dans la pénombre comme la dernière fois. Je ne me suis pas attardée, fallait que je voie la chambre tout de suite, cette fois-ci, quoi que j'y découvre, je ne me sauverais pas ! La porte entrebâillée laissait passer les rayons du soleil. J'ai frappé quelques petits coups légers... pas de réponse. Alors j'ai poussé doucement.

Le lit était vide, à part les couvertures en désordre il était vide. Ouf ! Je suis entrée. La pièce était dans un état déplorable, tout traînait. Sa nouvelle conquête était une belle cochonne! Moi qui entretenais si bien notre petit ménage... La cuisine et la salle de bains devaient être écoeurantes! Enfin je pouvais toujours commencer par faire le lit, ensuite je trierais mes affaires.

J'ai ouvert la radio sur la table de nuit, rien de potable. Avec contentement, j'ai pensé que je pouvais aller mettre une cassette ou un disque et entendre un de mes vieux morceaux favoris. Je me suis retournée pour me rendre au salon et alors j'ai mis la main sur mon coeur:

Jean-Pierre était là!

Jean-Pierre! Jean-Pierre! En chair et en os, cerné, ébouriffé, fripé, appuyé contre le cadre de la porte, venant visiblement de se lever (Quoi! Pendant tout ce temps, il dormait sur le divan du salon!).

Jean-Pierre, nu-pieds dans ses vieux jeans, sa chaîne en or brillant à travers les poils sombres de son torse nu... Jean-Pierre différent de toutes mes p'tites vues mais vivant! Et beau! Lui-même! Et son odeur flottait doucement jusqu'à moi. Jean-Pierre mon ciel! Mon paradis perdu qui m'était redonné, hésitant sur le seuil de la porte, me regardant sans dire un mot avec un drôle d'air triste et suppliant...

Alors, le grand élan meurtri blessé écrasé à mort qui pendant tous ces jours était resté tapi très loin au fond de moi, s'est relevé brusquement en un gigantesque sursaut de surprise et de joie, m'est monté à la gorge en un cri de bonheur et je me suis précipitée entre ses bras ouverts.

— Sylvie, Sylvie...

Sa chère voix, son odeur, la chaleur de sa peau... Le temps s'arrêtait sur ses cheveux contre ma joue, sa barbe rêche dans mon cou.

Il me serrait contre lui, répétait:

— Sylvie, Sylvie...

Me serrait tellement fort, comme jamais auparavant, m'embrassait frénétiquement à m'en faire mal... Et il pleurait,

oui il pleurait! Je goûtais ses larmes salées, je sentais les sanglots qui le secouaient silencieusement. Il disait qu'il m'aimait,
le répétait...

C'était trop!

J'étais éperdue, sidérée, déroutée... Qu'est-ce qui se passait? Je ne comprenais pas. Et cette blonde? Mais je n'avais
pas le temps de réfléchir, j'étais emportée dans un tourbillon de
caresses, de baisers. Il me prenait dans ses bras, m'emmenait
sur le lit, commençait à défaire mes fermetures éclairs, à me caresser, à me contempler avec des yeux doux presque extati-
ques.

Je lui souriais, je le caressais aussi mais je ne parvenais
pas à me laisser emporter sur la même vague, je restais bêtement insensible. Le moment était trop grand, trop énigmatique... mon désir demeure timide, peureux, sa violence a besoin de caresses douces, de nuances légères, de pénombre. Je
me sentais subjuguée par ce nouveau Jean-Pierre tellement
passionné, tellement amoureux que je ne pouvais pas éprou-
ver quelque chose d'autre.

J'en avais la gorge sèche, je claquais des dents mais Jean-
Pierre ne voyait rien, noyé qu'il était dans les eaux de sa pas-
sion. Tout en l'embrassant d'une bouche absente, le caressant
d'une main distraite, je ne savais que brasser mentalement un
mot et un autre, je ne savais que réaliser froidement qu'à l'instant même, par miracle, s'accomplissaient, sans que j'aie
même eu à lever le petit doigt, mes plans secrets de l'autre nuit!

À ce moment même Jean-Pierre était à moi, à moi et je
pouvais immédiatement, je pouvais...

Mais non, je ne le pouvais pas... et juste comme il m'ouvrait les cuisses de son pénis dur, doux et brûlant, je l'ai re-
poussé. D'abord doucement et comme il ne semblait pas comprendre, plus fortement... et je l'ai appelé à voix basse :

— Jean-Pierre, Jean-Pierre...

Jusqu'à ce qu'il m'entende, ouvre ses yeux embués et
me regarde pour de vrai, m'écoute...

— Jean-Pierre, écoute donc, j'ai cessé de prendre mes pilules... Comprends-tu? J'ai cessé les pilules... Je veux un bébé, j'en veux un, et je n'ai pas envie de l'élever dans la garçonnière d'un maudit building en ville, dans le bruit et...

Dans son regard, il y a d'abord eu de la surprise, une surprise douloureuse, puis de la peur... et il est resté comme ça un bout de temps : saisi à ne rien dire ni rien faire, à se débattre avec sa frousse. Cependant, je dois dire à son avantage qu'il n'a pas débandé, qu'il est resté contre mon ventre aussi insistant, aussi brûlant. Ça a duré un bon moment, assez pour que j'aie envie de me mettre à pleurer, que je désire qu'on en finisse vite pour que je parte et que je ne le revoie plus jamais. J'ai fait un effort et je n'ai pas pleuré, j'ai plutôt pris mon courage à deux mains. D'abord, pour le rassurer, j'ai essayé de sourire et j'ai fait mine de le repousser encore un peu pour pouvoir me lever, approcher ma bouche de son ventre, de son pénis en attente...

Mais il ne m'a pas laissée faire, il m'a retenue et m'a demandé subitement en repoussant un peu les cheveux sur mon front :

— Qu'est-ce que t'as là?

J'ai répondu :

— Bof.

Il a répété :

— Bof.

Et il a souri un peu, de son sourire moqueur habituel, bon là au moins je le reconnaissais! Mais le sourire a changé, il est devenu tout doux et si grave en même temps... Et là je ne savais plus! J'étais perdue! Je chavirais! C'était bien lui et un autre aussi! Et ces deux-là avaient l'air de m'aimer un peu, ça se voyait bien.

J'ai essayé de dire quelque chose mais comme je ne trouvais rien, je me suis contentée de laisser aller ce grand soupir que j'avais sans m'en apercevoir réprimé pendant tout ce temps... et le soupir a emporté avec lui le flot d'angoisse, de tristesse et de peur dont il était chargé.

Qu'est-ce qui se passait? Je ne comprenais pas trop, mais la vie ne s'arrêtait pas cet après-midi... je pourrais toujours essayer de l'apprendre dans les jours qui viendraient... et même si elle s'arrêtait cet après-midi, la vie, peu m'importait!

Soulagée, je me suis mise à rire d'un rire silencieux et léger, un rire heureux qui dans ses cascades muettes m'allégeait, m'allégeait à m'envoler... et alors je me suis aperçue que Jean-Pierre riait aussi, le même rire incroyable de bonheur et de folie. Les carottes étaient cuites! Il m'a serrée bien fort contre lui et a commencé à se glisser doucement dans mon vagin bien ouvert bien doux bien glissant!

À la grâce de Dieu!

Et Alléluia!